八月、消えずの火

縄文 杉太郎
JOMON Sugitaro

文芸社

JN076096

あらすじ

いま原爆症の癌を抱えている石丸栗造《くりぞう》は、自分と同じ場所で被爆し、1945年の8月末に隠空《おんくう》（すぐ傍の霊界）に隠《おん》（霊）を戻した実父佐伯焔徳《さいきえんとく》、実母慧子《けいこ》の生涯を追体験する。特に焔徳の生前の青春、少年時代、浪曲師修行時代、警察官時代を振り返り、原爆が彼のもっと果たそうとする陰徳の心、長い時間をかけて大成しようとする夢を一瞬で断ち切った無念を訴える。このような訴えこそ、宇津雄一が、YouTube『八月の朝♪』（編曲 greg fujii）で歌い上げる「何も言えずに消えていった」被爆者の叶えたかった夢を代弁する、そう栗造は思うようになり、重い口を開く。

　本小説は、栗造が、DNAの繋《つな》がりを直観する父焔徳の唯一かけがえのない命の火、「人間万事塞翁が馬」の生涯、葛藤《かっとう》の日々を、父の教え、その遺言とも言うべき父が書《か》き遺《のこ》した随筆集『消えずの火』から探し当て、現実妥協的に自立してゆく姿、さらには自分の癌から生還してゆく道を後世の人々、とりわけ被爆2世・3世に語り継ぐ物語である。

　父の遺作から自立の火を継ぎ、かつ病室に偶然お見舞いに来た亡き慧子の旧友石井笛子《ふえこ》の自立精神から学んで、栗造は、自分の生死に関わる代替医療を、自分の頭で考え実践し、通常の「斬る（手術）焼く（照射）盛る（抗癌剤）」（細川博司《ひろし》）の慣行医療から自立し、癌を克服せんとする。

小説は、最初に「容赦のない熱」で廣島市民を焼いた原爆の炎《ほむら》を描写する。次に、栗造と両親と犬の六《ろく》が被災する様子、慧子と六に庇《かば》われた栗造を実父が二者とともに梁の下から救出する様子、六と両親が隠空へ帰還（他界）する様子を語る。こうして、原爆炸裂後救助のために入市した後も少年の兄達は現世に生存しているとはいえ、3才の栗造は、原爆の孤児《みなしご》同然になって、石丸家に養子にとられていく。

さらに、栗造が自分の癖、性格をDNA的に見つめるためにも振り返るべき焰徳の生涯、その蝋燭《ろうそく》の火のような命の火を、『消えずの火』から見出してゆく、この様子を語り、焰徳の文才や志に、実祖母佐伯キヌの古文の教養のみならず、日露戦争の武勲者中田公太郎《こうたろう》が、漢文漢詩を通して、大きく影響を与えたことも知っていく、その様子を語る。また栗造が、父の浪曲師志願が人々への道義の説示にあったこと、この夢が祖父佐伯太一《たいち》によって断たれたことも追体験し、その様子を語る。やむなく警察官になった父が、上司との確執や、公私の葛藤を通して、自分の固い殻を破り柔軟で現実妥協的で自立した生き方を学んでゆくことなどを知る様子も語る。

2度目に、焰徳の夢を断ったのが、ささやかな生活の火を飲み込んだ広く大きな炎、絶望の光線、原爆であった。宮島の弥山《みせん》に燃える「消えずの火」は、全国12宗派の火と産業の火に分火《ぶんか》集合し、種火となって、原爆の炸裂した日に誕生した7人の乙女に託され、1964年8月1日に点火され、ヒロシマ原爆記念公園に移って、核兵器廃絶とともに消える日を悲願にしつつ燃える平和の灯《ともしび》となった。消えてはならぬ「消えずの火」の方は、少年時代の焔徳が、密かに山の掘っ立て小屋の囲炉裏の火に分けてもらった火でもある。

地御前《じごぜん》病院で担当医にホスピス治療に入る直前にまで癌が転移悪化しているとまことしやかに診断され、風前の灯を燃やしていた栗造は、たまたま急を聞いて駆け付けた実母の親友石井笛子の電撃的退院の勧めを待っていたかのように受け容れる。劇的な脱走先は、焔徳の恩師中田公太郎《こうたろう》の孫、中田満二郎《まんじろう》の檜風呂と檜の誕生仏《たんじょうぶつ》と涅槃《ねはん》像とかが⃝みのある茅葺屋根の保養施である。

家族の励ましと満二郎の改善西式健康法・自彊《じきょう》術・自食・自然食などを参考にした代替治療・温熱療法が奏功し、栗造は徐々に元気になる。保養中栗造は、弥山に登り、「消えずの火」を拝礼する。その火は、「自灯明《じとうみょう》、法灯明《ほうとうみょう》」、栗造の命の火、世界平和祈願の火である。かくして、栗造は保養所から栗山村に戻り、自然農法による半農半ＥＣ（ｅコマース）生活を開拓し始める。

最後に、地御前の本家佐伯屋から養父がもらい自宅の火鉢に保存している弥山の火を、養父母の仏壇にも分け、その蝋燭の灯明の前で、合掌した栗造が、この平和祈念の火、自立の火、体の奥の深い底の命の種火よ燃えろ、と一心に念ずる。

八月、消えずの火　目次

主な登場人物・生きもの

登場人物

石丸栗造《いしまるくりぞう》：主人公、実父焔徳《えんとく》の五男、旧姓佐伯《さいき》、１９４５年8月6日廣島市水主町《かこまち》で3歳になるその前日に実父母と共に被爆、１９４２年8月7日廣島縣三次《みよし》町で生まれる、当時焔徳は三次警察署長、実父母亡き後父の故郷栗山村の石丸家の養子に、幼児の頃より栗々している、原爆症の大腸癌で現在半農半Xをしつつ保養中

佐伯焔徳《さいきえんとく》：栗造の実父（１８９７年1月8日～１９４５年8月31日）、妻子（慧子《けいこ》・栗造）と共に被爆、遺作『消えずの火』、若き日宮若丸《みやわかまる》一座と上京し浪曲の作詞作曲実演をしていたが父親に呼び戻され警察官に、栗造そっくりで「すが足りない」と徴兵検査で言われ奮起、8月31日の原爆症の壊血病の症状で隠界《おんかい》（他界）へ隠逸《いんいつ》

――以下同様、全て主体の栗造から見た続柄《ぞくがら》――

佐伯慧子《けいこ》：実母（１９００年3月3日～１９４５年8月25日）、旧姓舩津《ふなつ》、地御前の旧制中学英語教師太助の家に生まれる、廣島高等女学校（皆実高校）・女子英学塾（津田塾）出身、アマチュア画家、8月25日原爆症の壊血病の症状で隠界へ隠逸

石丸輪蔵《りんぞう》：養父、戦後栗造が3歳数か月になった頃養子縁組、農林業、温厚でさっぱりした人柄、広島市内原爆公園近くでの交通事故によって隠界へ隠逸

石丸道子《みちこ》：養母、旧姓益田、津和野街道の柿《かき》の木村《きむら》出身、世話好き、柚子干し柿手作りと豆茶の小規模販売、遠縁の山口県本郷町根木《ねぎ》の骨《こつ》の山本夕子を栗造に紹介、栗造の挙式後心筋梗塞で隠界へ隠逸
石丸夕子《ゆうこ》：妻、旧姓山本、道子を介して栗造と見合い結婚、長州安芸口根木の骨出身、代々軍人の家、弟も自衛隊員、その後退職
石丸徳郎《とくろう》：長男（焔徳の孫）、栗山村農林業、後に栗造・夕子と自然農業、ECによる販売
石丸微笑子《えみこ》：嫁（徳郎の妻）、旧姓本郷、廿日市市役所栗山村支所勤務
石丸爽《そう》：孫（徳郎の長男）、焔徳の曾孫《ひまご》、小学5年生
佐伯太一《たいち》：実祖父（焔徳の父）、曽祖父蔵男《くらお》が貸し倒れや「判かづき（連帯保証）」で喪失した田畑山林を少年焔徳も手伝った宮島の杓文字《しゃもじ》の原木切り出しで買い戻す、後に佐伯炭団《たどん》創業
佐伯キヌ：実祖母（焔徳の母）、旧姓柿本、太一が奥山に仮住まいしている長い間、小作仕事、後に佐伯炭団事務手伝い兼「ほろ酔い玄米キビおじや屋」食堂手伝い
佐伯蔵男《くらお》：曽祖父（焔徳の祖父）、「好かれたい病」の人情深いお人好し、連帯保証人になり蔵・田畑山林・家屋敷悉《ことごと》く喪失、佐伯家の遠縁に生まれ、富農の割庄屋佐伯本家に入り婿
佐伯ハマ：曽祖母（焔徳の祖母）、旧姓砂田《すなだ》、佐伯本家に入り嫁、砂田家子孫は栗山村で

万事屋《よろずや》開店

佐伯甚九郎《じんくろう》：佐伯蔵男の父（焔徳の曽祖父）

佐伯富士夫《ふじお》：伯父（焔徳の兄）、地御前の二代目佐伯炭団店主、少年時焔徳と共に中国山地で原木切り出し、長男實吾は27才時に台湾で戦死（昭和19年11月22日）、二男静磨《しずま》は昭和16年6月27日没

佐伯浅葱《あさぎ》：伯母（焔徳の姉）、富士夫と同居、未婚、佐伯炭団店内で栗山産鮎・鱒・山女魚・鰻・鯉・川ハゼ・山葵・粟飯・杵つき餅……料理＋豆茶の栗山村「ほろ酔い玄米キビおじや屋」食堂経営

佐伯昌嘉《まさよし》：従兄（焔徳の甥、富士夫の三男）、焔徳の実家佐伯炭団店主、後に佐伯燃料店主、焔徳・慧子の最期を記録、日大卒、焔徳の一部の遺品特に頼山陽の書などの芸術作品を戦後も自宅佐伯炭団の仏間に保存管理

田畑筆子《ふでこ》：実姉（焔徳の長女）、原爆炸裂当時も可部在住の主婦

佐伯富美雄《とみお》：夭折した実兄（焔徳の一男）、死因は1歳半時のチフス

佐伯徳男《とくお》：実質上の長兄（焔徳の二男）、栗山村林業、父母末弟栗造を探して入市被爆

佐伯逸夫《いつお》：実質上2番目の兄（焔徳の三男）、自衛隊勤務後、週刊求人舎創業、父母末弟を探して入市被爆

佐伯弘夫《ひろお》：実質上3番目の兄（焔徳の四男）、仏壇職人、後に栗田仏具店で創作、8月6日

　は地御前の母慧子の実家に疎開中
佐伯太志郎《たいしろう》：甥（焔徳の孫）、兄逸夫の長男、現週刊求人舎主
船津《ふなつ》太助《たすけ》：実祖父（慧子の父）、廣島一中の英語教諭
船津イツ：実祖母（慧子の母）、旧姓坊田《ぼうだ》、熊野の筆づくりの家出身、アマチュア書家、石
　井海運事務所で移民の世話役
船津航一《こういち》：叔父（慧子の弟）、英独スペイン語が堪能、日本郵船パーサー、会食直後急死、
　死因に不審あり
船津清子《きよこ》：叔父の妻（航一の妻）、旧姓味酒《みさけ》、湯来《ゆき》村の砂谷《さごたに》に生まれる
船津恵太郎《けいたろう》：従弟（慧子の甥）、航一の一人っ子、佐伯燃料店の副店長兼地御前海運副社長
佐伯与作《よさく》：実祖父太一の弟（焔徳の叔父）、佐伯増蔵《ますぞう》の父、実父の叔父、馬子、太一の手小《てご》、
　体に停まった蚊さえも殺さぬ静かな人柄、左右両手を起用に利《き》き分ける
佐伯カヤ：与作の妻、勉と増蔵とミツノの実母、旧姓柿本（渡の瀬ダムの玖波松が原の庄屋）
佐伯勉《つとむ》：焔徳の従弟（与作の四男）、警察官、焔徳の勧めで廣島縣警勤務、妻新田さち子と
　横川の自宅に日番から帰った直後被爆
佐伯さち子：勉の最初の妻（焔徳の従弟の嫁）、旧姓新田《にった》、地御前出身、夫と横川で共に被爆、
　八月末増蔵宅佐伯家具店で隠に
佐伯増蔵《ますぞう》：焔徳の従弟（与作の三男）、栗山村佐伯家具店主、指物師《さしものし》、栗造の定時高校生時

代の見習い先、弟勉とさち子を探して8月17日に入市被爆、江田島で人間魚雷搭乗直前に終戦
佐伯杉太郎《すぎたろう》：増蔵の二男、栗造の再従弟《はとこ》、昌嘉から『消えずの火』を贈られ、あらためて多くの親戚から耳にしていた焔徳の偉大さを再認識し、その子栗造の消灯未遂事件を思い出し栗造と再会、抗癌剤を止めるよう、中田満二郎と一緒にアドヴァイス、健康御宅、被爆2世
栗田ミツノ：焔徳の従妹（与作の三女）、宇品の栗田工芸の後妻、森人《もりと》の母、入市被爆
栗田森人《くりたもりと》：焔徳の従妹ミツノの二男、ミツノに連れられ宇品から8月6日廣島に入市し被爆
中野花《はな》：焔徳の叔母（佐伯太一の末妹、朝代《あさよ》の母）、旧姓佐伯、中野時太郎の妻、宮島の小林商店の紹介で画家時太郎と厳島神社で挙式
中野時太郎《ときたろう》：花の夫、地御前の小林千古画伯を師と仰いだ画家、日露戦争武勲者、牡蠣養殖
中野朝代《あさよ》：花の長女（焔徳の従妹）、慧子・笛子と同級生の友人、ハワイ移住、アマチュア画家
中野栄一《えいいち》：時太郎の長兄、牡蠣工場経営
石井笛子《ふえこ》：慧子の旧友、地御前海運の家に生まれる、慧子と同じ高等女学校・女子英学塾出身、アマチュア画家、滝乃川学園理事
石井たき：笛子の長女、戦後地御前海運業継承その社長、副社長は船津惠太郎、国立市谷保

出身、夫は牧師石井一作
石井一作《いっさく》：石井家の入り婿、地御前灯教会〈義母笛子設立〉の牧師兼大野浦孤児院長
石井元就《もとなり》：笛子の父、旧姓河野（村上水軍末裔）、石井家の入り婿、名前は対陶軍・厳島決戦に地御前火立石から毛利元就軍が船出したことに由来、地御前の網元石井家のハワイ移民事業、石井海運と牡蠣養殖事業を継承
石井英子《ひでこ》：笛子の母、元就の妻、地御前石井海運の家に生まれる
中田公太郎《こうたろう》：焔徳の個人授業の恩師、乃木希典の伝令、日露戦争で金鵄《きんし》勲章、銃弾の鉛中毒で、大東亜戦前に、地御前病院で死去、栗山村の公太郎の墓所の隣が佐伯家累代の墓
中田満二郎《まんじろう》：公太郎の孫、栗山村に出生、宮浜温泉旅館保養所長、沢田研二の付き人経験、ギタリスト、自ら肝臓癌を温泉・自然食治療で克服
高辻亀道《きどう》：焔徳の名付け親、宮島大聖院住職
丸山ヨネ：廣島水主町の隣家の一人住まいのお婆さん、大家《おおや》と同じ能美島出身、栗造の隣の家で被爆
池田ツタ：焔徳の産婆

生きもの

六《ろく》：栗造が廣島市中島町で被爆前に拾った小豆柴《こまめしば》の雑種の雄の子犬、佐伯家の心の六男、焔

徳の実質上の七人目の子・栗造の実質上の弟、8月6日に死亡、七の傍で瓜一片を拠り所
に眠る
七《なな》：佐伯太一が山小屋で飼った雌犬、佐伯太一家の7番目の子、地下水（霊水）の湧き出る、
水神《すいじん》様の近くで山窩《さんか》とともに白骨体で雪解けに発見、佐伯家墓所に眠る
フゥ：栗造が拾った子猫、捨てられた河内神社で栗造が拾った石丸家の猫、佐伯家の6番目
の六に準《なぞ》え、栗造に次ぐ石丸家の2番目（ひぃ、ふぅ、みぃ……のふぅ）の子に準えて命名、
石丸家の相次ぐ不幸の後、埃を被った河内神社のミニチュア神棚を教えた、河内神社で見
かけられたのが最期
クロちゃん：地御前神社の林を縄張りにする烏、命名は栗造、黒色であり愛犬の故六（ロク）
の逆読みに由来、小烏の時から牡蠣をやった恵太郎に10年近く懐いている

栗造の家系

〈祖父〉佐伯太一 ┬ 〈祖母〉キヌ　　〈祖父〉船津太助 ┬ 〈祖母〉イツ

〈実父〉佐伯焔徳 ┬ 〈実母〉慧子

（※戦後、栗造の養父石丸輪蔵―養母道子）

栗造 ┬ 〈妻〉夕子

〈長男〉石丸徳郎

表記
廣島市、廣島縣：1945年8月以前
広島市、広島県：1945年9月以降
ヒロシマ：世界的呼称 Hiroshima の和訳

語義
隠《おん》：特殊な「守護霊」のように、現世の日常空間内で人間のすぐ傍に隠れている霊魂一般。霊能力者宜保保保愛子などにはその隠の一部が可視、カメラなどの被写体になって心霊写真になどに表現されることもある。必ずしもすぐ傍に寄り添わない霊と区別。（栗造の造語）
隠空《おんくう》：隠（霊）の住む不可視空間＝隠界（霊界）、日常空間内の人間のすぐ傍の隠れた空間。必ずしもすぐ傍に寄り添わない霊界と区別。現世の愛する者のすぐ傍に49日超滞在する隠の潜在空間。（栗造の造語）

八月、消えずの火

プロローグ

「自灯明《じとうみょう》、法灯明《ほうとうみょう》」（『大般涅槃経《だいはつねはんぎょう》』）に、主人公石丸栗造《くりぞう》とその実父佐伯焔徳《さいきえんとく》は、どのような生き方を経て、照らされるようになるのだろうか。

釈迦は、誕生仏が「天上天下《てんじょうてんが》」を示し、「唯我独尊《ゆいがどくそん》」と唱えているように、生まれてすぐに自立をテーマにした。そして、死の床の寝仏となって、「自灯明、法灯明」と唱えたように、寂滅《じゃくめつ》するときに後継する弟子にまで自立をテーマにさせた。「自」「我」は、隹五○止矢「吾唯知足」（吾唯《われただ》足るを知る）の「吾」でもある。「知足」は、物欲を戒めることのみならず、無常を受け入れることを意味する。四字共通の口は祈る口、神仏への祝詞《のりと》を入れる器である。

悟りとは、「人牛倶忘《にんぎゅうぐぼう》」（『十牛図』）の「人」＝我《が》を無にした上での法灯明と調和した「自」灯明、厳しく冷たくも穏やかで優しく温かい自立のことであろうか。釈迦に閃かせ明からせた菩提樹と昇らんとする灯明。その悟りとは、諸行無常の森羅万象と「深い胸の奥でつながってる♪」（吉元由美）こと、その実感・自覚ではなかったか。また、その万物との絆を結ぶハーモニーの中で現実妥協的に自立していくことではなかったか。自立とは己という心身の個即類を知り、肉体的な個即自然を知り、己という個が類と自然界の全の小宇宙として、法灯明に照らされて助けられ助け合い、生かされ生かし合い、共生の中で独立する自灯明に照らされた自己のことであろう。

「法灯明」、善なる宇宙・自然の法《のり》・正しい「共同主観」（廣松渉《ひろまつわたる》）、摂理と愛・命の利他的道理、道義の灯明、共同主観的な文化の灯明は、外なる現実の火とは、その多くが悪なる原爆・戦争・虐めの炎などのように矛盾する。また、この善悪の矛盾を反映して、「自灯明」、善なる生物的な人の生命の灯明やそれを心髄にした人の道を照らす灯明、つまり道徳的な利己心と利他心とを共生的に調和させる知恵の灯明も内なる現実の火とは、その多くが「智に働けば……」（漱石『草枕』）の通り、人間関係の調和を図れず、矛盾も錯誤も生じる。

外（環境）の善・悪と内（意）の善・悪の2×2通りの生き方が、幸せにも一本杉のように真っ直ぐの外善×内善にはならない。それらの柿の木のように捻《ねじ》れた組合わせが多くなる。さらに行動の善・悪との組合わせが追加されるので、2×2×2の外・内・行の複雑な8通りの生き方を人は選択することになる。厄介にも、さらに「一に道理、二に道理」、諸々《もろもろ》を「熟慮断行」しても、時空間軸の長短広狭と種の軸の人類主体の是非から視《み》て、思い込みの善悪もあり、善悪が時代や国によって逆転する場合もある。釈迦は、このような逆転・葛藤を経て、複雑な組合わせから最善を選んで悟る。

焔徳も、親の火を譲り受けて誕生し、蝋燭《ろうそく》（蜜蝋＋灯《あか》り）の炎のように、矛盾の風に吹かれながら、一本の時々刻々を「自灯明、法灯明」に照らされるべき内なる火を燃やし、子孫への自立への道を随筆集『消えずの火』で指し示して、図らず無念にも原爆の火に照射されて、魂の火（隠）を一人間の自分の肉体から離した（隠逸）。

個人の一《いち》人生を通して、人のその環境、懐炉《かいろ》・煙草《たばこ》・竈《かまど》・炬燵《こたつ》・ランプ・蝋燭《ろうそく》・荼毘《だび》・線香等、諸々の発する外なる火、生活や勤労等の行いと共に使う火はどのように燃えていたのか。それら外なる火は、内なる心の火と時には一致し、時には矛盾していたのではないか。特に、悪なる原爆の外の火は、個人個人の善なる内の命の火と矛盾し、平和祈念の火は、それらと一致している。様々の生命の内なる「自灯明」たる火は、外なる火たる「法灯明」とどのように現実的に妥協し、自立した炎になって燃えてゆくのか。その外と内の自己の矛盾、言行の矛盾を、神仏とそれらの宿る人はどう裁くのか。

主人公石丸栗造は、いま大腸癌を抱え込んで、実母佐伯慧子《けいこ》の友人石井笛子《ふえこ》の祈りと代替療法に希望の火を燃やし始めたが故に、改めて、上のような問いかけを、DNA的気性・遺伝的特性を認識しながら、そのDNAと自分の火を対比しつつ、実父佐伯焔徳の「自灯明、法灯明」の火を解き明かそうと欲している。

この問いかけの一つの答えとして、父焔徳は、外なる現実の火と内なる理想の火の矛盾を解決する心得を現実妥協に求めた。父の火、内なる命の火を燃やす父の肉体から、最期の外なる火、48年と8か月（受胎後49年6か月）になった原爆の火が、父自身の「自灯明」を強引に奪っていった。父の目に、熱線や放射線や倒壊などに追い打ちをかけ廣島市を灰燼《かいじん》にした憎むべき火は、どのように映っていたのだろうか。焔徳の最後の子の栗造の目、被爆時に父と母慧子に護《まも》られた栗造の目、さらには後世のわれわれの目に、その火はどう映され、これからどう映してゆくべきなのか。

父の焔徳という名は、不動尊の火焔光背《かえんこうはい》と真言宗の徳一和上に縁《ゆかり》を持つ。焔徳の種々様々な焔《ほむら》(火郡)、つまり生涯に亘《わた》る外なる火、少年時代の山の火、恩師の火、志の火、若き職人時代の宮島の火、青春時代の火打石の火花や東京の寄席《よせ》の火、廣島警察時代の火鉢の火、蝋燭の火は、内なる使命（徳）の火を燃やす彼の目にどう映っていたのか、それを栗造、さらに子孫のわれわれはどう映され映すべきなのか。

その答えこそが、「何も言えないまま、消えていった」被爆死者を代弁するものなのではないのか。この代弁は、消える廣島で両親に護《まも》られ、いま癌を持ちながらも、今日まで生き残り、さらに生き続けるべき栗造の使命、内なる真の命の火を探し当てることに繋《つな》がるのではないか。

本小説『八月、消えずの火』は、人生の焔となる一つ一つの火の見方を通して、最近自立し、癌から生還しようとしたばかりの主人公栗造が、その父焔徳の「十牛図」的生涯、理想と現実などの葛藤の火をバネに廻った人生を、彼の父の「人間万事塞翁が馬」の運命と照らし合わせながら、命と希望の原爆公園の１９６４年に点《つ》いた「平和の灯《ともしび》」が核廃絶によって消灯されることを祈念しつつ、回想するものである。

「消えゆくを　一心に燃えよ　祈念の火」（栗造）

序章　八月の朝の火

強く人を惹きつける歌には、命の波動と詩があるのだろうか。石丸栗造《くりぞう》の重い口を開かせたのは、「何も言えずに消えた」被爆者の訴えたかった叫びを代弁するYouTube『八月の朝♪』である。

第1節　歌は灯、命の火

宇津雄一（作詞・作曲）が熱唱するYouTube『八月の朝♪』は、その曲で石丸栗造の耳を立たせ、編曲もしたgreg fujiiの絵で目を釘付けにさせ、宇津の歌詞で魂をグッと揺さぶった。まるで、明日、旧七夕の日に誕生日を迎える栗造へのプレゼントであるかのように。

２０１８年8月6日、栗造は、広島平和記念式典で被爆の情景を描写する男女２人の学童のアピールをＴＶで視聴した後、インターネットで「八月　原爆」とググっていて、この名曲に遭遇《そうぐう》した。「はだしのゲン」の叫びがgregによる啓治（中沢）と雄一とのコラボで伝わって来た。

「容赦のない熱」という美しく高い声での絶唱に至って目頭を熱くさせ、とめどもない涙を吹き零《こぼ》れさせた。「広く高い空」「飲まれそうな青」「ありえない光」「何もしれないまま、消えていった、すべてが」それを「過去と括《くく》るには」「過去と呼ぶのには」「近すぎる今がある」。

作詞作曲編曲者の2人は、被爆者ではない。それなのに、どうしてこれだけ迫真の創作が出来、実体験した者の深い叫びを歌い上げることが出来たのか。この名曲は、栗造の瞼《まぶた》に、今まで決して口には出せなかった、繊月のような瓜一片しか遺せなかった子犬六《ろく》と父母が自分を救助した現場、その半ば想像しては、幾度も独り声を出して泣いたシーンを浮かべさせた。

「おかあさぁーん……おとうさぁーん……ろくぅー……」

あの八月、2歳と364日の栗造、それにこの子の父焔徳とともに廣島市の毛利水軍ゆかりの水主町《かこまち》で、災禍に見舞われた母。6日朝、火傷と重傷を負い、その19日後の8月25日に、避難先の地御前の実家にほど近い夫焔徳の実家佐伯炭団の佐伯屋《さいきや》で、うつ伏せたまま、枕元でしゃくり上げる我が児栗造の名をうわ言で「栗ちゃん栗ちゃん……」と呼びながら、自分の肉体を離してしまった母慧子。栗造の胸には、あのときの、母の生命球の火（隠）が再訪している。あれから73年後の今も尚、栗造の傍に居るその母への想い。

「お母さん、ありがとう……」

栗造は、被爆者の心を表してくれた名曲に感謝した。雄一が、8月6日の朝の廣島の情景について、視聴者に唱和を呼びかけて来るようなその声調が、美しい廣島を廃墟に変えた戦争、核に向き合うゲンの心、深い悲しみ、憤りと共鳴している。その廃墟を「醜」というなら、その「醜」は投下した者の「醜」（大田洋子）である。

この宇津の名作、名曲は、量子力学的(ちょっぴりオカルト的）な話にもなるが、『花♪』（喜納昌吉）と同様、自動書記《じどうしょき》のように、感受性の強い雄一が訪れた広島原爆資料館、この下に今も被爆者の骨が眠りその上の別の見えない空間＝別界＝他界に霊魂の居る旧中島区という地場で、無名の彼の才能を見出し降霊した被爆者の火の玉を作詞作曲したものに違いない。この資料館は、母慧子の実家、地御前《じごぜん》の西、ハルピンに生まれ玖波《くば》村に戻った地質学者長岡省吾が創設した。

第一巫女（男）＝雄一に、インスピレーションとなって、隠空から降りて来た響きと言霊（隠）だった。そして、この「弾き語り」に「衝撃」を受けたgreg、第二巫男（受発信者）＝アンプのgregが、その魂をスピリチュアルに増幅して曲と詩を編み、この編曲に合わせて改変したゲンの絵を、啓治から「情熱に免じて許」された上で、視聴者＝第三巫女・巫男・巫ＬＧＢＴに発信してくれた隠空からのメッセージだったのである。

栗造は、千田町の広島大政経夜間部卒業後、栗山村の石丸家から約1時間かけて約50年ほど、海田産のＭＡＺＤＡ車で通いながら、栗田仏具店の社長をした後に顧問となっても、なにやかやと仕事の入ってきていた同店を、過激なまでにも暑いこの２０１８年7月に、やっと完全にリタイアしたばかりである。ちなみに、この暑さは、CO_2犯人説の温暖化によるもではなく、太陽黒点の減少や地球の公転軌道によるものだと、栗造は考えている。

こうして、やっと時間が取れるようになった栗造は、兄佐伯逸夫《いつお》から24年前に贈られて来た、父焔徳が佐伯一族宛ての遺言かつバイブルとでも言うべき随筆集『消えずの火』を、『くずし用例辞典』を片手に、改めて8月5日に再読し終えたばかりだった。

これは、73年前に自分と同じく両親を失い原爆孤児同然になりながらも、焔徳の座右の銘「重い荷を背負う」（家康）生活苦を経て、自衛隊に進み、リクルート誌『週刊求人舎』の舎長になった後に、彼の長男佐伯太志郎《たいしろう》（栗造の甥）に舎を譲り、比治山近くに悠々自適な生活をしている兄が高額な自費で写真製版発行した父の遺言集である。その古ぼけて劣化した遺稿＝父の自分史的な随筆原稿は、１９９３年末、父焔徳の実家、地御前の佐伯屋にほど近い母慧子の実家船津家の土蔵に父が戦時中に移した遺品の中から、船津恵太郎《ふなつけいたろう》（実母の弟船津航一《こういち》の子）が、烏のクロちゃんの報《しら》せで偶々《たまたま》見つけたものであった。

さらに、その7月、栗造は、従兄昌嘉《まさよし》、つまり伯父佐伯富士夫《ふじお》（焔徳の兄）の息子が見せてくれた父母の被爆死の状況の記述に改めて衝撃を受けた。昌嘉からは、祖父佐伯太一《たいち》が、もし父焔徳を警察官に志願させる前に、修行を重ね浪曲師の名前をもらったばかりの父を東京在住のままにさせ、成りたかったプロの浪曲師にさせてさえいれば、こんなことにはならなかったと祖母佐伯キヌが悔やんでいたことも聞いた。昌嘉は、東京での日大時代、焔徳から彼がかつて喉を振り絞ったと聞いた浅草の木馬亭での寄席に何度も足を運び、そのついでに浅草寺にもお参りし蕎麦を喰って、神田の下宿に帰ったそうである。

そこで、栗造は、You Tubeで改めて天津羽衣『原爆の母♪』、二葉百合子『岸壁の母♪』、三波春夫『俵星玄蕃♪』などの歌謡浪曲を聴いてみた。それに中沢啓治作詞『広島の川♪』も、もう一度聞いてみた。

そして、遅ればせながら、栗造の息子石丸徳郎《とくろう》の書棚から、孤児《みなしご》川嶋あい『♪旅立ちの日に』のCD（用意周到な徳郎が密かに選んだ縁起でもないもしもの癌死が襲ったときに流す父の葬送曲）の隣で、厚い埃を被っている中沢啓治『はだしのゲン』第1巻を引っ張り出して、読んでみた。お盆にかけて、図書館から残りの2巻〜10巻と『はだしのゲン自伝』とその他の彼の自伝的著作を借りて読み、こんな風に思った。

栗造「ゲンは**使命**を授かった。国民小学校の門に入る直前に話しかけて来た校友のお母さん、爆心地から約1・5㎞ほど一瞬で差し込んで来た光、熱波を遮断した舟入の神崎小学校の校門の塀、倒れたそれによる圧死から救った歩道の折れた木、奇跡的な時空間が演出されている。神仏が、啓治さんをサヴァイヴァルさせ生き証人として『はだしのゲン』を書き遺させたのではないか」

人間の生と死を分けるのは、まったく紙一重だ。母も私も「生きろ！」と何かに守られたような気がした。（中沢啓治『はだしのゲン自伝』Ｐ84　教育史料出版会、１９９４年）

（お父さん〈焔逸〉も）熱かったじゃろう――（お母さん〈慧子〉にも、あの日見た火傷で動けなくなった人にも）――水を飲ましちゃりたい――落としたのはサイコパスじゃ、悪魔教の崇拝者じゃ。

（ゲンのお母さんの江波の親戚に）――内輪もめしちゃあ、いけんじゃあなあか～「私は、この江波の町で、人間の正体を見た。日本人の正体を見た。」（中沢啓治『はだしのゲン自伝』Ｐ１１９　教育史料出版会、１９９４年）

原爆孤児は、福祉の手が届かんけえ、こんな悪い組（仁義なき山口組等）の餌食になったんじゃあなぁか。わしゃあ、なんのかんの若い頃思うたが、栗山の石丸のお父さんとお母さんにもらわれてほんまに良《え》かったのお……

（初恋のときは、栗造も父やゲンと同工異曲《どうこういきょく》、寝ても醒めても、振り向いてくれた瞬間の目元などを記憶のアルバムから引っ張り出しては）ノートに彼女の名前や相合傘《あいあいがさ》を描《か》いたもんじゃったのぉ……従弟船津恵太郎の住んどる船津家先祖代々の家の庭にあって、曽祖父もやっとった牡蠣養殖の道具も詰まった土蔵、その蔵に遺っとった少女の頃のお母さんの茶色い写真に、ゲンの漫画の看板屋の娘がよう似とるのう……お母さんは、ハーフのようで、茶色の髪の毛（ゴキブリ色と揶揄《からか》われた）じゃったけぇ、お父さんがその栗色と古里栗山村の栗を採って、栗造と名づけたんじゃげな。「造」は、浪曲師の浪花亭愛造《なにわていあいぞう》から採ったんじゃげな。

栗造は、お盆までの1週間で、笑ったり泣いたり怒ったりしつつ、独りぶつぶつ言いながら、全10巻（本当は上京以降のゲンを描く第11巻に続くはずだった）を一気に読み通した。『はだしのゲン』の原爆孤児の友人の境遇に胸を痛めるとともに、栗造は幸せな方だった、そう思うのが「知足」なのだとつくづく思う。

第2節　ゲンを継ぐ火

ゲンの心の火はどのように継承されるべきなのか。栗造は、実父母の迎え火をどう焚き、消えた廣島市民が隠空《おんくう》（霊界）から灯す火を自分の目にどう映せば良いのか。『はだしのゲン』についての感想は、気持ち90％足らず絶賛。なぜなら、綺麗ごとを排し、被爆の実情を死の商人の大所高所から感性的にリアルに体験者として世界に広く、世代と国・民族・人種を越えて、分かりやすい漫画で訴えていて、その被爆体験を記録に遺していたからである。

しかし、正しくゲンの心の火を継承するためには、不遜《ふそん》ではあるが、批判もしなければならない。栗造は、『はだしのゲン』の気持ち10％が良くないと思った。なぜなら、少し「感」性的に、霊界を直観しない無神論的な面があること、またアジアへの侵略・加害者視点が強く、日本による下記のようなアジアの文明化・民主主義化・アングロサクソンからの解放の視点が欠如していると思ったからである。

「知」性的に、人類史最終章の人間牧場建設、人口削減のための技術、実験としての廣島へのウラン原爆投下の視点。人間の憎悪の感情を超えた非人間的で残虐なロスチャイルドなど閨閥、サイコパスなどが、悪逆非道な使命感をもって原爆投下したという視点、日常的な勧善懲悪を超えた視点。大東亜共栄圏には、アジアの植民地化に対して、それに抗する武士道、「八紘一宇」の大義をもってアジアを解放したという視点、そのために本土の拠点となった軍都廣島は有意義な役割を果たしたという視点。

GHQがWGIP（戦争罪科洗脳計画）に則《のっと》りマスコミ動員で植え付けた自虐史観を「転」換、相対化する視点。白血病などの治療は、腸内善玉菌による造血の正常化、被爆者の断食や味噌・天日塩などによる食事療法、免疫療法を目指すべきという視点。カープ生誕の裏に、GHQ以降の3S（Sex, Sports, Screen）作戦があったという視点。『はだしのゲン』は、このような大きな「幅」、人類史的視野と英霊賛歌の視点を欠き、戦争を巡る複雑で重層的な利害集団の権益と葛藤、それらの縺《もつ》れ込んだ情報の錯綜を見抜く力、近代医学などの常識に囚われないもっと自由な発想を欠いている。

要するに、「感知転幅《かんちてんぷく》（「感」性的直観力・代替メディアによる「知」・発想の「転」換・人間の「幅」〈時間軸・空間軸・種間軸〉）の視点を欠いていて、「慣《かん》・痴《ち》・点《てん》・伏《ぷく》」（慣性・痴＝無明・点〈井の中の蛙〉・伏〈器《祝詞を入れる冠婚葬祭用のそれぞれの口4個が犠牲の犬の上下左右に置かれた象形》を伏せて少量しか盛れないようにし、人間の幅を小さくし蚕に閉じこもっている）に陥っている。この4字は、恵太郎が石井笛子から教えてもらったようだ。

ちなみに、ゲンの貴重な体験的視覚によるものであるとはいえ、漫画でも『八月の朝♪』の1分17秒目でも出てくるのだが、エノラ・ゲイから投下されたパラシュート付き計器を原子爆弾だと誤解して描き、その後、気づいても、漫画を訂正しなかった点も細かい話だが、批判されるべきだと思った。（ちなみに、地上起爆説では、この計器は投下原爆に見せかけるカモフラージュを兼ねていたことになる。栗造には、現段階では、真相不明である。）

この漫画の読み手は、難点10％を針小棒大にし、その嫌悪で満腹になってはならぬ。また、図書館がこれを投棄し焚書にするなどは論外。上のような少しばかりの難点があるとはいえ、原爆の実状、その実体験から生のリアリティ（啓治はセーヴした）を記録し、それを世界中の老若男女１５００万人に周知した不朽の名作だと、栗造は、読後、感想文を締め括《くく》った。

ちょうど73年前に、神仏の思《おぼ》し召しから生かされ、被爆死した父の隠の後押しによって『はだしのゲン』を描いた中沢、原爆資料館を訪れたときに、降霊によって作詞作曲した宇津、それらをモディファイしたgreg。彼らは、この日の悲劇を見事に表現した。被爆者でもない宇津さえ、ゲンの火を継いだ。

こう想い、彼らに今一度感謝したその瞬間、栗造は、今まで原爆症を73年間毎日心配し続け、また父母と子犬の六《ろく》のことをこのままでは浮かばれないと思い、忘れたことが無かったにも拘わらず、固く口を閉ざして来た自分も、「天の配剤」で生かされたこと、父母と六のこと、八月のことを語り、ゲンのように、死者の灯を継承しよう、自分もその使命を果たそうと思い、目頭熱く心震えるに至った。

「ゲンの魂の火（隠）を継承して、何も言えんまま、『消えていった』命、八月の廣島の浮かばれん人々のために、言わにゃあいけん。生き残って、いまも原爆症の癌を抱え込んどるんじゃが、晩年になってなお生かされとるわしも、父母と自分の原爆の話しを胸に一人仕舞い込んだまま、旅立っちゃあいけんけぇ」

76歳になったばかりの栗造には、原爆症の大腸癌を抱え込んでいるが故に、残り火を灯す時間は短いように思われた。ゲンや宇津と共に、自分と父母、さらに廣島市民と当日滞在中であったり入市していたりした約35万の犠牲者の隠が、彼／彼女らに襲い掛かって来た惨劇、投下の瞬間を、栗造に語り継がせようとしているかのように思われた。

栗造は、自分が3歳になる前の約1年間足らず住み、父母も見た「廣島」の再現写真も、『はだしのゲン』と一緒に借りた田邊雅章の『原爆が消した廣島』（文藝春秋、

2010年）で見て、美しかった廣島の街並み、それを10秒で破滅させた原爆の火に対して、強い憤怒の火を再燃させた。

栗造は、冷静さを取り戻し、こう意を決し、お盆明けに、『はだしのゲン』の感想文に引き続き、自らの記憶と焔徳についての記録などを基に、原爆の火を語り継ぐためめに、ワープロを叩き始めた。

いまから、あの日あのとき、「何も言えないまま」溶け蒸発していった人を代弁し、鎮魂の思いを秘めて語りたい。あの瞬間、NHKの投下10秒間の分析を参考に、広い視野と多様な視点から、思い描くことから始め、「八月の朝」を語らなければならない。

こうして、栗造は、母慧子の描いた蠟燭の絵葉書を机上に置き、『消えずの火』を座右に置いて、寝食を忘れ精魂注いで、翌9月半ばまで、自伝も兼ねて、被爆時の情況と父の足跡を書き続ける。

第1章　原爆の火

原爆症が、栗造の実父佐伯焔徳《えんとく》の胸の中心に潜む「生命球」、生きた火の玉を地御前の実家炭団《たどん》の佐伯屋で体外に浮遊させ、幽体離脱させたままにさせたとき、その命の玉＝隠だけになった父は、他界から生涯や彼の臨終に立ち会った家族や原爆の火をどのように回想したのだろうか。そのとき、焔徳の忘れ形見《がたみ》、主人公の佐伯栗造《くりぞう》（被爆直後からの養子縁組先は栗山村の石丸家）は、なぜ生き残ることができ、何を感じていたのだろうか。

第1節　原子の光

1945年8月5日、ワシントンDC夏時間（夏の日米時差13時間）、7:13pm前後にリトルボーイ（「おちんちん」）、純度の悪いウラン約60kg、総重量4t、直径70㎝、長さ3mの管）は、地上爆破もしくはエノラ・ゲイからの投下によって炸裂したのではないか。

資料館の懐中発条《ぜんまい》時計は、即死（即止《そくし》）してはいない。その停止時刻は日本時間8:15am、米時間7:15pm、しかし栗造の父の話を父の甥佐伯昌嘉《まさよし》が口述筆記したものによれば日本時間8:13am前後（1+9+4+5 = 19, 8.6+8.13 = 16.19）となっている。余命の2分間を鼓動、発条が緩み切るのは後2分（地上起爆が予定の8:15amより2分早かったのか）。

同じく警察官であり、栗造の父の紹介で縣警勤務となった父の従弟、佐伯勉《つとむ》の朝の勤務交代時の証言による状況証拠や米軍記録からも8:13am（米8月5日7:13pm）頃だと思われる。発条が衝撃波や熱波を受け、停止するまでには炸裂の直後の衝撃波を受けて調速器と脱進器に不具合が起こり、発条が余命を速く、約2分回ったのではないか。長崎でも、米軍記録では、プルトニウム原爆投下が、遺品の被爆時計の停止時刻の11:02amよりも少し早い可能性がある。また、同じく陰謀の1995年1月の阪神淡路の大震災時計も発生時より遅れている可能性があるのではないか……

水の都、半径4㎞の廣島に、ウラン235によって最大半径155mになった火球、人工の第2の太陽が光る。このファイア・ボールは、炸裂100万分の5秒後に40万

℃（「太陽の表面温度の70倍」ＮＨＫ）になり、膨れながら熱線を放射し、爆心から半径２㎞を焼いた。間髪を入れず、その高速膨張、急速な高圧化は、秒速５００ｍの衝撃波を急拡張し、爆心から少なくとも半径３・７㎞以上に達した。深い火傷、重い負傷、万物の損傷……生き地獄、市は死の世界……

・**ッピ**（「サウンドオブサイレンス」）、青い光線。未だ小さな管内の火球。エノラ・ゲイ（「天皇を屠《ほふ》れ」）を43秒前に離脱したリトルボーイの鉄皮の中で起爆、中性子発生、**２５０万℃**。廣島市、Ｔ字型の相生橋東側の産業奨励館の東南隣の島《しま》病院「５８０ｍ」上空（栗造が観た爆心地近くの銀行の石段の人影は長く、その頂点と生存中の人頭を結んだ延長線は、フラッシュ源が５８０ｍ上空よりももっと低いことを指し示しているように思われたが……）の１００万分の１秒後に炸裂……

・**パッツ**（青白い発光）、50㎏のリトルボーイの内の８００ｇのウラン２３５が核分裂し**炸裂**、10^{24}（１兆×１兆×２）個の放射線が空気に衝突、発光。その１００万分の15秒後、

・**ピッ**（白く直径20ｍに拡がる発光、火球、放射線は全核分裂エネルギーの15％）、太陽よりも70倍熱い**40万℃**。一瞬の異様な殺気、沈黙。即死し落下する小鳥。その、**０・**

2秒後、

・ピカー（さらに2秒間で直径310mに膨張する火球）、火球の外側は太陽と同温の6000℃、球心は約100万℃。真っ白く黄色い閃光。何万もの花火が炸裂したような青白いフラッシュ、強烈なマグネシウム光（「ピカ」＝原爆）。空襲警報がない。さっきまで、ないていた小雀、蝉、蟋蟀《こおろぎ》の声が編曲していた朝の街の音、総てが止まった。落下し続ける小鳥。

「光に音はないはずだが、なにか空気を切り裂くようなパシューッというような音が走ったように思う……」（大田洋子（栗山村の隣、玖島村出身））

「白を中心にして青白い写真のフラッシュのような光が包み、外輪は黄色と赤を混ぜ合わせたような巨大な光の玉」（中沢啓治『はだしのゲン自伝』P53　教育史料出版会、1994年）

その頃……

・ジュ（真っ赤な火球の熱線（flash））、全核分裂（悲鳴）、地上580mの火球の心からの海栗《うに》の棘のような放射熱が空中の鳥や蝉や虫などを蒸発させ、地表が溶ける。その火球心からの約2000℃弱の焼け火箸のような熱線の棘は、その影に隠れていなかった約半径2㎞以内の人々を照射し、動員・通勤・通学・仕事で歩いたり作業したりする学徒、児童、兵隊、警察官、給与生活者、いつものように屋外で家事をするこれらの人々の露出していた皮膚や黒い衣類に隠れた表皮と真皮の体液を蒸発させ、溶かし（flash burns）、痛感神経を斬り、肩から溶けた半透明の皮膚を指の爪まで剥《む》き下ろし、足許まで垂れさせ、髪の毛や衣類のことごとくを熱線で劣化させ間髪を入れぬ暴風で切り裂き、燃やし、焦がした。父焔徳は、廣島城近くの陸軍弾薬庫（実は双葉山に移動）が爆発したのだろうか、と思った。なお、落下しつつある小鳥を蒸発させた。その、約0・2秒後、

・ビュー（衝撃波、全核分裂エネルギーの50％）・ドーン、炸裂2・5秒後の火球の急膨張が衝撃波(shock wave）発生。数十万気圧、秒速数百ｍの突風。炸裂3秒で1・5㎞先まで、7・2秒で3㎞先まで、10・1秒で4㎞先まで走った衝撃波。ダメージを受けたあの小さな懐中時計の発条は緩《ゆる》み、絶対時間余命の故障時間約2分を刻み、8:15amでこと切れたのではないだろうか。

　1㎞先で風圧10ｔ／㎡。ガチャーーン（突風がガラスを破る音、破壊音・崩落音）、ドーン、ズシーン（火球心からの爆風と無数の焼け火箸が造形による火球の急膨張と

は空気を圧縮し、衝撃波を生み拡張し、爆心地の地面をこの衝撃波が何トンもの重圧で叩きつけたときの音、空中で秒速約340m、土中ではもっと速い衝撃音、この炸裂音のように聞こえた衝突音）、廣島城が北東に450m空中遊泳。同時に、炸裂後、飛んだ木の破片が約10秒後にも爆心から4km先の女子学生の乳房をえぐり、妊婦の腹から胎児を噴出させ、馬の腹からも黄色い臓物を溢れさせ、「骨が約3cm刻みの破片になって飛び散るほどの」暴風。約3秒弱で爆心から約1kmの栗造の居る水主町《かこまち》の周辺の大木の爆風でへし折れた枝に人体を串刺しにし、透明な手裏剣の風のように超高速で飛び散った無数のガラスの破片が鰐《わに》の歯型のように風に向いた側の人体に食い込み緑がかった屈折光を放っていた。吹き飛んだ諸々の破片や倒れ掛かってきた材木は、それらが打ち当たった額を裂き熟した石榴《ざくろ》の実のようにした。爆風は、またお母さんに気付かれぬまま、負んぶされた幼児の首をいずこか遠方へ飛ばしていた。（NHK『原爆投下10秒の衝撃』1998年8月6日放映、参照）

熱線（flash）、爆風、屋外の市民の体は宙に高く飛んだ後、地面に叩き付けられ、五臓六腑《ごぞうろっぷ》は上下左右に激しく振動した。「ウーン……」。

近くは栗造の避難先となった直線距離にして約15km西向こうの地御前、佐伯家の先祖が住む北西30㎞先の栗山村は元より、遠く西70㎞先の徳山市、北60㎞先の三次町にまで伝導したズシーン（地鳴り）という音。

廣島市内一面は焦げた赤土の匂い、焦塵《しょうじん》。核爆発直後、ドーンという轟音を発生させた衝撃波。火球の熱で焼けた地面を深く抉《えぐ》り取った衝撃波。この超豪風圧によって舞い上がり巻き上がり浮遊し漂った土埃《つちぼこり》を熱波の残熱を更に焦がした匂いか。

・**ボー**（燃焼）、灼熱、却火。屋根瓦が溶融し、生木、飛ぶ鳥、昆虫、馬の鬣《たてがみ》、人の髪の毛、衣類、ゲートル・下駄・靴からも、チンチン電車、馬車、軍用車、自動車、木製の電信柱や電線・上部が飛んだ倒れた木など悉《ことごと》くに焔《ほむら》が立ち、吹き飛んで倒壊した家屋の内部にも溶接バーナーからのもののように横向きに曲折する長い炎が走った。「転っている丸焼け生焼けの死体が太陽熱と地熱で煮えて、眼や鼻や口の穴からピュ－ピュ－と泡を吹いて」（大田洋子）いる。

・**メラメラモクモク**（きのこ雲）、衝撃波を拡張して真空になった爆心が、赤い柄となり、またその周囲でも極彩色となって燃え盛る粉塵を高速で高熱のまま高く吸い上げ、赤い芯の柄を空高く高く伸ばさせ、これを生育させた上昇気流が、強い放射能を含む色鮮やかなままの粉塵を核にして水蒸気生成した無数の微細な水滴を空高く、巨大な蛸の怪物のような暖色のどぎつく派手な入道雲を湧かせるように断熱膨張させ、黒っぽく変色した柄の上に、冷えた上空で白っぽい雲の傘をつくった。

・**マックラ**（長い真っ暗闇）、火球心からの衝撃波が何トンもの重圧で周囲を叩きつけ、その衝撃波でありとあらゆる土・石ころ・砂など地表物の全部、建物などのトタン板1枚1枚・木片などの断片・破片や粉塵、燃え殻・燃えカス、灰燼が、黒煙白煙の中を飛ぶ鳥のように、また銀杏の葉のように、あるいは黒い雪のように空高く舞い上がった。その次に、真空の火球心に向かう逆衝撃波、つまり衝撃波の反動たる超高速逆風が生じた。この反作用は火球心の上空の熱せられ超高温になった水蒸気を含んで上昇気流を起こす単なる自然界が起こす気象上の空気よりも、重かった。その真空に近い状態になった火球心へと逆進する、土や粉塵や地表物などの浮遊物の方が重く強力であった。

地面や地表物など、この強力な反作用による火球心への逆流は、大型台風の威力の何千倍もの暴風となって、熱線によって焼却された地表から土や、土埃と炭化した地表物（家屋・動植物）の粉塵、トタン板、板切れ、木切れ、布切れまでも吸引していった。きのこ雲が現出する以前に、これらの逆流物は、爆心から北西の横川、廣瀬、北の基町、白島などを東南に昇りながら回転している太陽の光線を遮ったのではないか。きのこ雲の柄が造形する途中の出来事である。黙示録のように、炸裂8分後、きのこ雲が日光を遮ったその北西・北・西側などは、きのこ雲の成長以前の大きい鳥、小さい鳥、鳥の羽毛のような浮遊物による闇の時間を含んで最長数十分間の深い闇に覆われたそうである。

「私は暗がりの中にいた。」(大田洋子)

・**さらにモクモク**(きのこ雲)、地表580mの火球心からの上昇気流に、それよりも速く強力な、地面からの衝撃波の逆流が追い付き、加勢したのであろうか。また、それら上昇気流と地面からの逆流が、火球心から上空に放たれた衝撃波の地面に向かう逆流を相殺したのであろうか。上昇気流に追いつき、加勢した逆流に乗った土埃や粉塵、さらに爆風に舞い上がった大小の燃え続ける物質が、彩色された竜巻のような柄、傘を拡げる前のきのこ雲の柄を造形した。茸は、わずか8分で身長約9㎞に成長した。

こうして、原爆はほんの10秒間の放射熱と爆風で廣島市の32万人(軍人と入市した4万3000人+市民28万人)の慎ましい生活とその大半の市民とともに水の都を消した。廣島、「8月6日の朝の気温は26・7℃、湿度80％」。白米配給の前夕は、いつものように夕凪《ゆうなぎ》の街。

・ザー（重油のような大粒の激しい黒い雨、総雨量約１００㎜、炸裂20分くらい後に）、赤や黄に彩られながら上る柄の先から高い空で傘が拡がる頃、そのきのこ雲は、上空一面に拡張した。殺風景に広がる灰色の動画。市内北西や北を中心にした薄暗がり。断熱膨張し、今度は冷えて半径約２㎞の灰色の雲を造り、その雲を形成する水蒸気の凝結核となった黒い燃え滓の土埃や粉塵の放射能の方は、リトルボーイの炸裂20分後に、南東からの風に乗って、油かタールのような黒い大粒の重い雨になって、南側の水主町や中島区をを含む爆心地周辺から市北西に向かって地表に戻って来た。風下となり、火の手に追われて、三滝、祇園、可部など北西に逃避行を強いられた人々に、熱さしのぎで心地よい慈雨ではあったが、被曝という名の追い打ちの２次災害を齎《もたら》した。水、水を求め続け火傷を負い炎天下を逃避して来た群衆。渇き切った喉をやっと潤した黒い末期の水、飲まずにはおれなかった地獄絵巻の登場人物を内部被曝させた、異臭のある黒く濁った水。ピカは、太田川から稲妻のように７つに分流し廣島湾に注ぐ清流を汚した。

炸裂20～30分後、純度100％ならば、マッチ箱1個分に過ぎないウランは、7つの川の挟んだ緑なす三角州の水の都を、真夏の暑さを増幅し、尚燃え続け、沸騰させ、逃げ込んだ被災者を土座衛門にさせた川までも舐めるように這い上がる炎や流れ下る浮遊物などで燃やし、地上をこの世の灼熱生き地獄に変化させた。廣島の大地は、放射線を受け放射能に変質した。

ただ一つ幸運だったのは犠牲者は出したが、枕崎台風が1945年9月17日に広島にも襲来し、放射能を瀬戸内海に流してくれたことである。その後もしばらく、広島を観た者は、広島には「75年、草木も生えぬ」という誤報を信じた。しかし、翌春には被爆した荒地に杉菜が、そして赤や白の夏の花、夾竹桃が、それに白島の青桐や基町・福島町などの通りの楠や一中のユーカリなどが芽吹き、少しずつ荒れ野に戻って来た市民の深く傷ついた胸の暗い底に希望の火を灯した。

『八月の朝♪』は、見事に光、熱、風、音、悲鳴、埃、異臭、炎、黒い雨、灰燼・焦土と化した街、その心象風景を歌い上げてくれた。市民は、この心象から溢れ出て零れる涙を拭い始めたのである。

第2節　栗造たちの火

栗造はこの8月（２０１８年）のお盆明けに、地御前に出て、母の実家船津家のすぐ近くで、炭団の佐伯屋を営んでいた栗造の従兄の昌嘉（父焔徳の兄富士夫の戦死せずに生き残った第三男、末っ子）から父の最期の様子を聞く。焔徳が死の床で彼に語ったあの八月を日記帳に認《したた》めた。それを基に、栗造は、父母の救出に出かけた２人の兄の言で補足しつつ、父母が見た原爆の火を想像し、父、焔徳の心身に起こった惨事を、父の心を代弁して、以下のように綴った。

1．廣島の火

ピカー、閃光。超高速で膨張する小太陽が、目を眩《くら》ませた。今で言う蛍光灯かマグネシウムが燃える花火のような強烈な白色の光線が部屋中を刺した直後、窓外から燃える朝焼けのようなオレンジ色の陽が迫り、浴衣で覆った栗造の父、焔徳の身体の一部には、熱湯に一瞬侵したような痛みが走った。

熱い。ガラス戸越に火の玉を受けた素肌の身体には無数の針を貫くような痛み。その2秒後に、衝撃波、爆風が家中を振動させる破裂音、壁やガラス戸が共鳴、直後、スローモーションでガラスの破片を飛び散らせた。それは父の左右もしくはどちらかの目（昌嘉記録の「㊨左眼」の左右の正確な意味不明）を射抜き、栗造の眉間のすぐ下の鼻筋に刺さらせた。屋内に侵入した爆風は貴重な塩で歯磨きしている焔徳の体を浮き上がらせて、台所の洗面台からその体を吹き飛ばし、お竈《くど》さんの下に投げ込み、そこに落ち着かせた。

この日は、焔徳は休みなので、いつも、8:00am 前の出勤に合わせて 7:45am に出る家に居た。昭和19年11月21日に宇品警察署長に、翌昭和20年1月20日に警察部労政課長に、さらに同月31日には小磯國昭のよって地方警視に、翌2月12日には廣島縣労務監督官補佐に任ぜられた。どうしたわけか、家族のために、廿日市の串戸の漁港近くに購入予定だった土地の契約を破棄し、縣庁に歩いて行けるよう、水主町の大きな家を借りていた。慧子と栗造を台所から這い上がって救出した焔徳が、その借家から少し北よりの廣島縣庁に、当日出勤していたら、慧子と栗造は、家屋の下敷きになって生きたまま生焼きになったのかもしれない。

焔徳は月末までこの世に残れず、官舎で急死したか、水を求めて辿り着いた庭園、出向先の縣庁内の与楽園に折り重なった遺体、数多くのこれらの一つになってしまったか、それとも燃料会館（現土産物レストハウス）でたまたま地下室（現在もヘルメットを借りて見学可）の書類を取りに下りた野村英三さん（あべりょうYouTube『核攻撃サバイバー♪』の歌詞にも登場、戦後66年して再従弟《はとこ》の佐伯杉太郎も、熱心な織部精機製作所の須磨の何億円かの核シェルターに入ったが、そこは緊急時の短時間だけにしたい重圧的空間であったそうだ）と同じように、縣庁の地下室に下りて、コンクリに放射線から守られ、戦後を生き抜いたか。さらに、当時、父焔徳の宇品警察署長兼廣島縣労務監督官の関連する極秘の仕事で、にきっつあん（にぎつ神社）の東、双葉山の麓に掘られ新築され基町の鯉城《りじょう》の城下から移されていた爆心地から2㎞北西の防空壕内の陸軍新本部に出向き、無傷であったか。

そもそも、「たら、れば」の話になるが、わたし栗造は、8月5日の配給さえなければ、それを受け取りに、母慧子と共に入市することなく、臨時疎開先の地御前の母の実家船津家に居て、無事だったのである。偶然の巡り合わせだったのか市内に人々を誘《おび》き寄せる罠だったのか、栗造が持ち続けた疑惑の配給である。「感知転幅」（石井笛子）から観れば、日本国内の「敗戦共産主義革命派」が米共産主義者（米民主党）

と内通していたのかもしれない。

　そのような大所からの陰謀も絡《から》んで、佐伯家のみならず、小さな小さな一人一人の生と死、希望と絶望は、８月６日、この日、壺から振り出されるサイコロのように、「運否天賦《うんぷてんぷ》」であった。

　当日の小さな佐伯家の食卓、慧子は、前日８月５日に配給された本当に久し振りの白米を羽釜に入れ竈で炊き、そのお釜の銀舎利《ぎんしゃり》を父の少年時代の自信作の飯杓子で宮島焼きの茶碗に装った。ガラスが破裂したのは、糠付けの胡瓜と茄子を甕《かめ》から取り出して小皿に盛り、円い卓袱台《ちゃぶだい》に揃え、栗造を起こそうとして、寝間に戻ろうとしたばかりの時だった。

　あの時、衝撃波で痺《しび》れた鼻、その波動する空気の匂いと閃光《せんこう》の匂いを、ヒクヒクと湿った鼻に嗅ぎ取り、家屋の素材の小破片が超特急で室内にも散乱する只中《ただなか》、家屋倒壊寸前に縁側から駆け上がり力の限り、ザラザラする塵芥と粘々する涎の詰まった小さな口を大きく開けて体中で吠えて、拾い主、すでに前頭部が焼け、ガラス破片が鼻筋や頭に突き刺さっている栗造を起こし、その顔に被《かぶ》さり寄り添った小さな六《ろく》。人間も緊急時にはそうだが、動体視力《どうたいしりょく》に人間よりも優《まさ》る犬の六から見た目では、よりスローモーションで柱が傾きつつあるのが見える。その進行中に、六諸共《もろとも》栗造をさらに重なって覆《おお》った母佐伯慧子。

すかさず、遠くで、深く大きな地鳴り、ヅヅドドーン・メラメラ。そこへ、さらに心理的にゆっくりゆっくりと、寝間の梁がスローモーションで落ちてきた。明朝8月7日に満3歳の誕生日を迎える栗造は、顔を六に保護され、倒れた柱で背骨を損傷して一人では動けなくなった母慧子の上半身に守られ、かろうじて母の脇と六の頭の間から、砂塵の詰まった鼻だけ出して、視界ゼロの瞼を開けないまま、泣きじゃくっていた。

一瞬の気絶、直後気を取り戻した焔徳は、必死で、さっきまで慧子と居た台所の竈の穴から下半身を出し、倒れた柱に囲まれた空間を這い上がり、左目(もしくは右目)だけを頼りに妻子の居る部屋の真上の瓦礫に辿り着いて、瓦礫を素手で払い除《の》け、梁を糞力で地獄の釜の蓋を開けるかのように、移動させた。下敷きになった母慧子は、脳震盪《のうしんとう》から目覚め、「ウー、ウーッ」という呻《うめ》きを最初どこかから唸る気の毒な他人の声だと思って聞き、しばらくして我に返り、実はそれは自分が今なお出し続けている自分自身の呻き声だったんだと認識した。そんな笑い話のような自覚をしながら、慧子は伏した腕を少し立て、幼い我が児と六を自分の胸から離そうとした。背中に走る激痛。

間髪を入れず、焔徳はその妻の肩からぐったりした小さな犬体《けんたい》を、脇から小さな人体を引きずり抜いた。幸い、栗造は、自分の足で狭い空間を屈《かが》んで立ち上がれた。焔徳は、右手だけで、母親の脹脛《ふくらはぎ》の上の木片や瓦礫を払い除けた。かき分けた瓦の上に、背中中《せなかじゅう》と首筋にガラスの刺さって動かない全身の毛がまだ固まらない血液にまみれた六を置き、小さな眉間よりの鼻の上部に深くガラスが突き刺さった栗造を座らせた。まだ温い子犬は、先ほどまで栗造の上を向いた顔を舐めていた舌を出し、目を大きく開けたまま、鼓動を止めていた。

栗造「六ちゃん、六ちゃん、起きんさい……のう……のう、起きんさいや……」

父親は合掌して、夭折《ようせつ》した六の目を閉じてやり、六の硬直前の未だ生暖かい体に纏《まと》わりついた栗造の左手を優しく引き離した。浴衣の袖を引き裂き、その応急のガーゼを、抜いたガラスが斜めに鋭く深く切り裂いている我が児の鼻の創《きず》に宛《あて》がって、栗造の解いた左手に、持たせた。幼児は、今度は自分の方が、右手で、もう出血しない六の体のガラス片を抜き取り、自分の上半身に子犬を抱え込んだ。

焔徳は、幼児の背後から、その子犬の右前足の爪を舐めるような仕草をしながら噛み千切り、それを栗造が首から下げている慧子の布の十字架の入った大聖院のお守りに差し込んだ。

栗造は、泣く間もなく、けなげに、父を手伝う。大好きな家守・ガマガエル・山《や》棟蛇《かがし》・蜥蜴《とかげ》や鯰・金魚・鰌《どじょう》や蝉・蜻蛉《とんぼ》・バッタ・蝶・足長蜂・オサムシ・屁っぷり虫・螻蛄《おけら》の居た中庭も、これらの生きものの多くを焼き殺された死の池、死の庭になって、埋まっている。核の冬が到来しても、ゴキブリだけは生き抜くそうだ。油蝉・ニイニイ蝉は、父焔徳が孵化する様子をカンテラの灯でよく見せてくれた。

空蝉《うつせみ》を
置いて旅立て
夏の客　（焔徳）

焔徳は、小柄ながらも、五寸釘毎《ごと》引き抜いた熱い垂木《たるき》を梃《てこ》に妻の上に落ち被《かぶ》さった柱を持ち上げ、右足で瓦礫を梁の下に押し込もうとした。寸が足りない。そこへ、栗造の安否を心配した隣家の一人住まいの能美島出身の丸山のヨネ婆さんが加勢して、まだ冷や飯の残っている自宅のアルミの羽釜を、少し空いた柱と瓦礫の間に詰め込んで梃の支点にした。3人は、何とか慧子を助け出したが、背骨を損傷した彼女は這うことしか出来ない。

焔徳は、北東からの類焼を恐れ、金魚の泳いでいた大きな池さえも塞《ふさ》がったとはいえ、燃焼物の少ない、元は広々としていた中庭に、焼死を防ぐ遮蔽をつくり、真昼間《まっぴるま》なのに、真っ暗闇になり、寒くなった空間に、彼女をうつ伏せに寝かせ、自分の右手だけを彼女の右肩に優しく置いて、こう言った。

焔徳「お母さん、必ず、助けに戻るけーのう……地御前に帰ってくるけえのう……」

慧子「栗ちゃん……頑張りんさいよ……お母さんが付いとるけえね……」

栗造「うん、お母ちゃん……早う帰ってくるけえ……六も息を吹き返しとるかもしれんけぇ……」

隣のヨネ婆さんは、今は吹き飛んだ天守閣、その鯉城の被爆石垣のすぐ傍の基町の軍舎にいる息子の政男《まさお》を探しに行くと言う。そして、焔徳の旧知の大家も既に疎開している能美島の実家に引き上げるために市の南東の宇品港に向かうと言う。

父焔徳は、縣が官舎にするために借用した和風家屋、その今は倒壊した家の能美島に居《お》る大家さんが、半年前木枯らしの吹く頃に、「鼠が家に1匹もおらんようになったけえ、この家を空けるんじゃけえ、署長さんも大風なんかの天変地異やら爆撃やら大火事やらに気をつけてつかあさいよ……」と言っていたのをヨネ婆さんとお互いに無念にも再確認し合った。ヨネ婆さんは、爆風の影になって、かろうじて残され先ほど支点になった台所の羽釜、その重圧で歪《いびつ》になった羽釜から、昨晩炊いた冷や飯を握り出し、埃まみれの手で、ほんの一つまみの3つの御握りをこしらえ、一つを慧子の口元に置き、2つを父焔徳に手渡すや、深々と頭を垂れる2人を急《せ》き立てるように、西へ向かわせようとした。

ヨネは、2人が動かないので、息子の居る北の兵舎へ向かって、歩こうとした。しかし、地面も煮え、草鞋《わらじ》もカラカラに熱く乾いて、前へ進めない。下敷きになった下駄箱からかろうじて引き抜き出せた、焔徳の革靴も栗造のゴムの短靴《たんぐつ》もアイロンがけしたばかりのように熱い。

爆心に向かって逆流する炎が倒壊した家屋の隙間から見える。栄光の廣島縣庁もコンクリだったのに倒壊している。ちなみに、焔徳には知る由もなかったが、鬼塚英昭も指摘したとおり、その主、元陸軍司政長官で昭和20年6月から着任していた縣知事、高野源進は、事前に知っていたのか前夜から陸軍本土決戦派首脳を集合させた廣島偕行社を抜け出し福山市に逃避していた。

「国破れて、山河」もないような無機質で荒涼としたグラウンドゼロ。消滅した猿楽町の、玄関を西方厳島に向けた、レッツェル設計による廣島縣産業奨励館のドーム(屋根)、そのほんの一部放射線の中性子でニッケルになり即座に光線で溶けた銅板がことごとく気化消失し、十字架のイエスの桂冠のように受難した鉄骨には、遠くの地面下からか物干し台からか屋根からかいずこかから、熱く求心する逆爆風によって運ばれ吹き上げられ吹き付けられた焼死体＝爆死骸骨が、百舌鳥《もず》の速贄《はやにえ》のように焦げて張り付いていた。焔徳の使命、今だけは、火事場の妻子と隣のヨネさんと自らの生命を守ること。

焔徳「政男くんの方がお袋さんをここに探しに来ますよ。鯉城の方からは火の手が迫って来よるけえっ……あっちゃあいびセエけえ……」

ヨネ「ほいじゃあ、慧子さんとここにおろう……」

焔徳「あしたの晩方までにゃあ、戻って来ますけえのう……もし、わたしの部下が訪ねて来るようなことがあって、引き出せるもんなら、この下の方で燃えずに残った配給品をやって下さい……」

延焼・類焼を避けるために、慧子を壊れた屋根瓦と寝せた周辺の燃えそうなものを、ヨネさんと栗造の健気《けなげ》だけど足手纏《まとい》いまといの協力を得ながら撤去した後、焔徳は土壇場の底力を出して、西の本川を目指した。

防火用水から突き上げる2人の子供の4本の黒くなった大根足、頭が突っ込まれている赤黒い水を手に掬う被災者。梁や柱に上半身を押し潰されて、震える足。

その頃、元安《もてやす》川には、流れ出た重油などの発火によるものか、川底の泥・ヘドロの中のメタンガスが超高音で膨張して浮上したのか、川に浮かぶ木片などの発火によるものか、デルタの家屋の炎が熱風に吹き付けられ滑走したものなのか、火が川面を舐めるように勢いよく渦を巻いて、骨董品の焦熱・灼熱の地獄絵巻に描かれたように這っていた。業火。北東も火の海、北西も点々と炎を上げる。

北西へ、首の吹き飛んだ赤ん坊を背負ったお母さん、幽霊のように手を前へ垂れた全裸、熱線劣化爆風で衣類は破裂、半裸の焦げて髪の毛を逆立たせ夢遊病者のようにゆっくり脚を引きずるように歩く人体、骨だけの腕。それらのほとんどが目玉を飛び出し垂れ下げたままである。溶けて垂れ下がって地面に触れる肩から腕と手にかけての皮膚の先端と足元が汚れた濡れ雑巾のようになって高温の地面の乾いた砂塵と擦《こす》れ合い、この世の葬送、そのせせらぎのような音を奏でる合奏。民家の崩れ落ちた甍《いらか》の波の隙間から燃え上がる炎、焼け焦げて炭化した屍。生きたまま焼かれようとする肉親を梁の下から救いだすために、今生の力を振り絞る人、梃や鋸や協働者を探す人、下敷きになった脚を斬り取ろうとする人。火が迫る。米櫃と間違えて、我が子を捨てたのに、気づき、半狂乱でその名を呼びながら、ひき返して来るお母さん。

赤と黒と灰色の3色に変わり果てた廣島。大地上の凍り付いた黒、それは炭化した無生物と生物の黒、散乱し舞い上がった破片の黒、固まった血液の黒、雨の黒。地上の動く赤、それは劫火の赤、流血の赤、ケロイドの赤。黒と赤の間を静かに吹く風は、「果て火」＝灰色であった。これ以上、種々様々な残酷劇を凝縮した地獄は死後の世界にすら、あり得ない。

凄惨な不協和音の絞り出すような断末魔、阿鼻叫喚《あびきょうかん》、呻《うめ》き声の合唱。

「たすけてえ、たすけてえ……」

「お母さーん、お母さーん……うー……」

「助けてくれ、助けて……助けてくれえ……」

「みずう、みずう……」

「水を下さい、水……水を下さい……」

成す術《すべ》もなかった。ただ、一つだけ、焦げて縮れた髪、ドローンと風圧で引っ張り出され地面に落ちた目玉、七輪で焼かれカラカラに乾燥した下関の黒い鯨肉のような顔を地べたに引っ付けたまま懇願する老婆に、焔徳が応じ、栗造にどうにか放尿させたこと、このことだけが親子のせめてもの救いであった。廣島にも、別府温泉の上人保養所や松山道後温泉の近くの宝厳寺で尿療法を学んだことのあるものがいる。この老婆はその一人だったのだろう。しかし、老婆がすぐにこと切れたので、本当に良かったのかどうか、以後73年間自問しても、ただの水さえ火傷患者には禁物と言われて育った栗造には分からなかった。この惑いには、2018年秋になって、水や尿が栗造を癌から生還させたことにやっと、解答が見出されることになる。水や尿は、むしろ被爆者に進んで飲ませるべきだったのだ。たとえ、末期の水になろうとも。

焔徳は、栗造を抱えたり手を引いたりして、屍の廃墟を焦がした鰯群のように連続するオブジェのような焼死体を含む障害物を避《よ》けながらよろめきながらもその修羅場を歩いて抜けようとした。

鼻を突く猛烈な異臭、猛火、溶解、蒸発、道なき道の地面が熱い。今日は、栗坊には、ムリだと思うやら、部下も尋ねて来るかもしれないと思うやら、2人の女子《おなご》は大丈夫じゃろうかと心配するやらで、結局、焔徳は、水主町に残地している慧子とヨネ婆さんのところに引き返すことにした。幸い、火の手を避けて、北へ西へ南と逃げる幽霊や餓鬼のような被災者とは逆方向に、借家に一旦は帰宅出来た。

心細かったのか、慧子は低い声で、ヨネ婆さんは高い声で、異口同音に、栗造と焔徳の戻りを「あっりゃー、まーっ」と、力なく大喜びしてくれた。

寒い。夏なのに寒いのは、体調が悪くなったのと太陽が消えたのとが原因であろうか。3人は、寝具や座蒲団を引っ張り出すために、類焼を免れたお互いの家の瓦礫の下、潰された押し入れや寝間や壊れた洋服ダンスを探したが、どこにどうなったのか皆目分からない。そこに着の身着のままの横になる準備をし、お互いがお互いを労《いた》わり合った。

悪夢から改めて覚めて広がる、半径2㎞の異臭濃く漂う殺風景なグラウンドゼロ。南にかつて、焔徳が十方山から見たこともある安芸の小富士のシルエット、西の本川、現在警察官慰霊碑の立つ場所近くも焼け野が原、産業奨励館や元呉服屋で今の燃料会館や市役所、日赤などが残るだけで、縣庁も縣警も残骸になっていたようである。やがて、7:08pm、2人が明朝引き揚げてゆく地御前・宮島の方面の山々に、20世紀以後の地球を激変させた事件の約11時間後、天空をゆっくり長く回転し、原爆同様に熱く燃えている太陽が、沈んでゆく。

赤黒い弔いの夕焼け、腐敗した無数の鰯を焦がしたような生臭い匂い。残照の中、肉親の名を呼ぶ探索者の声、時折、あちらからもこちらからも聞こえてくる安芸門徒の念仏、「なまんだぶ、なまんだぶ……」。薄暗くなり始めた頃、4人は、家での野宿。

翌8月7日朝早く（6:00am）、母慧子及び隣のヨネ婆ちゃんと別れ、栗造は、やっと鎮火しかけた瓦礫の街、死後硬直した屍と異臭の枯れた無機質で灰褐色の荒野を、父に手を再び引かれて、トボトボと西へ西へと歩いた。この道程の何処かで、栗造たち家族3人を捜索せんとして、「入市被爆者」となってしまう徳男・逸夫両兄とすれ違う。

その道程の詳細、西へ歩いて地御前に到達した先のことを父焔徳なども記録に遺していないし、救助に来た2人の兄、佐伯徳男と佐伯逸夫からも聞いていないし、栗造自身も覚えていない。だが、概略は、「直接被爆者」の3人の看病によって「間接被爆者」となった父の甥昌嘉の日記で掴める。

焔徳は、大切なものは、地御前の栗造の母の実家船津家に疎開させていた。昌嘉の最近の話に依れば、その8月7日の夕暮れ時に、栗造は、母の実家にもほど近いお爺ちゃん（焔徳の父）の炭団の佐伯屋に、父焔徳に手を引かれて、夕暮れ時にやっと辿り着いたそうである。水主町の借家に、救出に来たお兄ちゃん達は、お母ちゃんと隣の婆ちゃんに朝の10:00頃会い、調達した宇品署のサイドカー（宇品署長兼務の父焔徳の特権による使用、廣島市民には相済まない）に母だけ乗せ、ヨネさんには、食用油や竹の皮に包んだ握り飯と豆茶の入った竹筒ずつを持たせ、熱く礼を言って、別れたそうだ。ヨネさんは、息子さんを探しに行くと言っていたそうである。その後の消息は、焔徳・慧子亡き後、探す者も探す伝《つて》もなく、栗造には勿論、兄たちにも不明。

栗造の従兄の昌嘉の日記には、こう説明されている。

（焔徳一家は）水主町《かこまち》ノ借用官舎ニ転住、当時一家族七名、内長女筆子、祇園町田畑家ニ嫁ギ居リ、田畑家ノ家事ニ従事中。四男弘夫ハ地御前ノ船津ニ疎開、二男徳男、三男逸夫、五男栗造、妻慧子ハ地御前佐伯富士夫宅ニ疎開ス。職務ノ為戸主ハ水主町ニ残リ、起居セリ。

昭和二十年八月五日午後食糧持運ビノ用務（配給）ヲ帯ビ、妻慧子、五男栗造ヲ連レ右官舎ニ趣キ一泊、翌六日午前八時十参分不幸ニモ、突如廣島市猿楽町上空ヲ中心トスル敵、原子爆弾襲撃ニ遭ヒ、戸主、妻、栗造三名共重症ヲ負ヒ〈重症ハ家屋破壊ニ依ル木材、瓦、ガラス等ノ破片ニ依ル裂傷其ノ他〉約二十時間以上現場ニ避難。戸主ハ翌七日午前六時現場發五男栗造〈数《かぞ》エ四才〉ヲ連レ、自身自ラ地御前村ニ辿リ、佐伯本家ニ落チ附ク。

妻、慧子ニ就テハ、同日午前八時地御前發、トラックニテ己斐迄、夫《それ》ヨリ徒歩ニテ、徳男、逸夫両人、午前十時現場ニ赴キ発見、三時間応急措置、二時間ノ経過ヲ要シ、其ノ間宇品警察署サイドカー借用シ同乗、地御前、午前二時半帰着、直チニ就褥（寝床ニ就ク）、静養、日比野（「此日野」）医師、長野医師、其ノ他軍医外、上野勘次郎氏ニ依ル適応治療ヲ施シタルモ空シク遂ニ爆撃二十日目、同月二十五日午後六時三十分死去ス。享年数エ四十六才。

戸主焔徳ハ重症トハ云ヘ㊨**左眼底**ノ突傷ニテ身体ノ自由利キ得ル為ニ、自発的ニ安佐郡可部町之眼科へ通院スル事二回、各一泊懸ケテ帰宅。其ノ間、応急治療シツツモ何分白血球ヲ失ヒ、身体著シク衰弱シ、爆撃二日目ヨリ両足部血管ヨリ斑点、血色顕シ、十日目頭髪逐次ニ脱毛、身体ニ異常ヲ呈シタルモ、食慾ハ別ニ変化モ認メザルモ、負傷後二十一日目、仝月二十七日午前四時ヨリ急変、咽喉部腫レ呼吸困難ヲ呈ス、高熱三十九度乃至四十度、食慾更ニ無ク、斯ノ如キ状態、昼夜連続、其ノ間、医薬、注射、冷シ、何レモ全力ヲ盡セシモ、当時原子爆弾ニ依ル負傷手当、医学効能見セズ、加ルルニ医薬資源ナク、廣島ハ全滅シ、以上ノ条件適応ノ治療困難ニ伴ヒ、医薬ノ功無ク、遂ニ同月三十一日午前九時四十五分死去セリ。享年数エ四十九才。（佐伯昌嘉記述『佐伯本家過去帖』5の4頁～5の6頁、ルビ・傍線・太字は著者による）

栗造の両親は、最後、壊血病の症状、ゲ・オネコメシカ（下痢・嘔吐→熱〈高熱〉→口臭→目・鼻・口から出血→紫斑《しはん》→髪の毛が抜ける）を見せている。

焔徳の従弟佐伯勉も島病院近くの交番での夜勤明けに横川の警察官舎に戻って、地御前の新田家から嫁いだ妻さち子が背後から掲げた浴衣の袖に手を通しているときに閃光に目を眩ませ、2人とも台所に吹き飛ばされた後、『黒い雨』（井伏鱒二）も描写したように、太田川に沿って北上している折りに、黒い雨に打たれた。2人は、黒く染まった衣類を纏《まと》い連れだって可部に避難した。その2週間後に、再び横川へ南下、2人ともお互いに庇《かば》い合いながら、歩き、西へ向かう汽車から乗り継いだボンネットバスに乗って北上、栗山村の勉の母親佐伯カヤと兄佐伯増蔵《ますぞう》の家、天窓・色ガラス・檜皮葺《ひわだぶき》・蝦蟇《がま》の住む池と築山のある中庭・コンクリ水槽・ポンプ井戸・柿の木・バラの木・無花果《いちじく》のある元旅館の2階に2人とも揃って伏せた。しかし、勉の妻さち子は、父焔徳と同じく8月末日に息を引き取り、勉は、地主の天野医院が貸し出している開墾畑のひずり草（繁縷《はこべ》）を土瓶で煎じて飲み続けて快復した。勉は、戦後広島県警に復職し、神戸生まれで高知の中学校の国語の代用教員をしたことのある女性と再婚し、2009年2月15日満91才になるまで長生きした。同じ条件での被爆後の生死を何が分けるのか。

　内部被曝に詳しい肥田舜太郎医師も廣島の同じ場所で同条件で被爆した友人の死と自分の生とを分けた不思議な出来事に言及している。生死を分けさせたものは、腸内環境やその他の体調が決める免疫力と希望・気力の違い、この世の目に見えないがすぐ傍にある異空間（隠界）に確かに居る守護神や霊（隠）の力の強弱なのであろう。

2. 栗造、蝋燭の火

さて、その後、両親を失い、生き残った栗造たち兄弟（姉は結婚していた）は、親戚に預けられたり、養子縁組をするなど、全ての身寄りを失い絶望の淵に追いやられた原爆孤児ほどではないにしても、塗炭の苦しみを舐めることとなった。栗造は、幸い、父をよく知っている栗山村の農家、父の郷里の地味で勤勉で善良な農家、石丸家に養子にもらわれた。

その縁組話しに、佐伯屋に訪問して来た石丸輪蔵《りんぞう》に、昌嘉は、仏間の火鉢に眠る、佐伯家伝来の「消えずの火」を分火し懐炉に入れて託した。

山間部に居るにも拘わらず、当初、自分の誕生日前後にはＡＢＣＣ（原爆傷害調査委員会、現ＲＥＲＦ：放射線影響研究所）の採血などの被曝データ収集に中学3年生の8月まで協力し続けていた。栗造は、健康第一で、恐れていた白血病や癌などの原爆症を広島市内比治山のそこで治してもらえると信じ込んで協力していたのだ。しかし、モルモットにされていたことに気づき、止めた。

　佐伯家血筋の親戚栗田森人《くりたもりと》（焔徳の従妹の子）も、たった3か月の赤子のとき、1945年8月6日に宇品の生家から自分の母親に背負われ、母が育てている建物疎開に出た先妻の廣島一中の子を探して焼け野が原に入市した。戦後、森人は誕生日の5月5日過ぎに、毎年授業中でも強引に連れ出されABCCで採血など検査されていた。森人は、母親違いの彼の兄が被爆死した一中（2年生の修学旅行費1万円を入学時に前払いする資金の銀行預金高利子を積み立てて新しいプールを造る1965年くらいまでの約20年間、使用を続行した古いプールの底などは、一中生のみならず水を求めた近所の人のものも含めて多くの人々の血《ち》糊《のり》と脂《あぶら》がこびり付き黴《かび》たのか真っ黒になっていた）を前身とする国泰寺高校2年生の5月7日に、正門に乗り付けた車に乗せられ、比治山のそこに連れて行かれたのを最後にした。女子の被爆者は、ゲンも描いたように、ABCCで丸裸にされた。思春期になっても、断ると軍法会議に掛けるなどと言われ、フランキー堺主役の映画『私は貝になりたい』の法廷を想起し、止むを得ず連行され、理不尽に耐えながら、体の隅々まで検診されたという。県内の産婆さんは、被爆した母親から産まれた奇形児をABCCに検体に出せば、報酬をもらえるという風評も耳にした。

要するに、検査は治療にはリンクしてはいない。栗造のこの話を遅ればせながら聴く前から、森人は、すでに気づいていたが、素直で好かれたい病があったからABC拒否が延びたのであった。森人は、この高校生のときの体験以来、マスコミを疑い、常識を疑い、真実を探しながら、同級生とも付和雷同せず、自立してゆく。そして、原爆症のスキルス性胃癌を実姉とその主人がほぼ同時に患った時も、2人を近代医療の魔の手から救った。

森人は、十字架もチャペルも壊されたが焼け残った鉄骨、これらの構え（枠組み）に肉付けして再建された広島流川教会(旧日本メソヂスト廣島中央教会）の礼拝堂(後に被爆十字架（炭化した廃材で組む）がその前に設置）でのミサの後、紅茶とクッキーを頂きながら、ケロイドの小母さんから、8月6日、「暗がりの中にいた」（大田洋子）あのとき、「イエス様は、なして見捨てんさったんじゃろうかと思うたよ」という述懐を聴いた。「見捨てる」という言葉は、森人によれば、イエスが十字架にはりつけられたお昼からの3時間の暗闇が明ける間際に、嘆きの中のイエスが神に向かって叫んだ苦しみの言葉だそうである。その火傷した美少女は、このイエスの言葉が、以後救われる信者にとって最後の嘆きじゃったはずなのに……と思ったそうである。栗造は、この小母さんの気持ちが分かった。頭の軽いケロイドから汁が生涯出て来たからである。生き残れただけでも、有難い。

さらに、辛酸を舐めた原爆孤児のようにならず、石丸の育ての両親に、佐伯の荘の定時制高校にも通わせてもらえた。しかし、その悩み多き入学前に、栗造には、人生の大きな転機となる、人との出会い、蝋燭の火との出会いがあった。それは、秋のお彼岸の夜、地御前病院の盲腸患者と同室となり、退院の日を待っているときのことであった。

(1) 消灯未遂と蝋燭再点灯

忘れえぬ人、忘れえぬ蝋燭の火との出会い。石井笛子《ふえこ》が、慧子の甥船津恵太郎《けいたろう》の案内で、地御前病院の夕食後、明かりを落とした病棟に、急遽駆けつけた時のことである。それは、小学生の兄たちと一緒に、三次《みよし》から春休み、1歳にならない栗造が、家族で母の故郷地御前に帰省したときの記憶にはない1回目の出会い以来、14年ぶり、2回目の出会いであった。

笛子は、母慧子と中野朝代《あさよ》の友人である。地御前の幼馴染《おさななじみ》みの3人は共に、地御前の小林千古画伯に憧れ、その弟子中野時太郎（朝代の父、焔徳の叔母花の夫）の地御前絵画教室に通った仲である。笛子と慧子は、廣島高等女学校（現皆実高）と女子英学塾（現津田塾）にも一緒に進んだ。

この時、15歳の栗造は、駄洒落になるが、小刀《しょうとう》で消灯未遂を図り担ぎ込まれた病室で、明かる蝋燭の火と生涯のお守りになる母慧子小学校2年7歳の時の習作の絵葉書の中で燃える和蝋燭とも忘れえぬ出会いをした。

養母石丸道子《みちこ》が付き添う、カーテンで仕切られた一画に、キャンドル（懐中電灯は電池切れ）を灯した笛子は、道子や周囲に気遣いし、絵葉書を栗造の左手に掴ませ、栗造の右手をマリアのように温かい両手で握りしめながら、優しい声でこう蝋燭を讃えた。消灯しかかっている栗造の命の蝋燭を再点火した言葉、波動高くオキシトシンの溢れる言葉。

笛子「辛かったわね……慧子ちゃんからもらい受けた灯。あの日、慧子ちゃんの生かしめんかな（「生ましめんかな」（栗原貞子））の悲願で守られ、道子さんに育まれてきた栗ちゃんの命。この蝋燭のようね。「闇は光に勝てなかった。」（『創世記』）わたしたちは、一人一人が宿命を持った1本の手作りの蝋燭、人の火をもらい、短い寿命の限り燃え、人々を照らして消えてゆく……わたしたちは「世の光」（『マタイ伝』）。栗ちゃん、栗ちゃん、どうか火を消さないでね……この蝋燭の絵葉書、お互いに交換し合ったお母さんの習作よ……」

栗造は、この慈愛の言葉が優しく響く中、薄暗がりに明るいキャンドルライトで、じっと少女母慧子の描いた蝋燭の絵を眺めていた。

母慧子が表に描いた蝋燭の絵葉書の裏には宛先となった友人笛子が、戦後、小さい字でびっしり次のようなコメントを書き込んでいる。

蝋燭の右側の闇は太った男性のお腹《なか》の胃が球に優しく圧《お》されたように凹《へこ》み、蝋燭の左側の闇は乳房《おっぱい》のように造形され、そのお臍《へそ》に当たる下の芯から炎が蒼く新生し、中の川は途中でか細くなりながらも白く蛇行する人生を天に向かって燻《くゆ》り、上の火《ほ》先《さき》は赤く闇を受け入れ闇に隠れてゆく。

男女の脚《あし》に当たる闇を背景にした蝋燭は、燃料という命の力を、その1本の芯が生えた池から惜しみなく与えている。

蝋燭はマリア、炎はイエス、火の陽と闇の陰、表裏。どちらの陰《かげ》にも、被爆し燃え尽きた慧子ちゃんの心霊が隠れている。

――笛子と病室でこのように蝋燭を灯されて会う1週間前、1957年の秋、栗造は晩夏から探しても火の見えない暗闇の中にいた。――

多感な文学少年栗造は、仏間の火鉢の火（種は「消えずの火」）を分火したカンテラ、その蝋燭が消えかかって燃えさしになる寸前の炎に映した切り出し小刀《こがたな》で左脇腹を突き刺した。愛猫フゥが狼狽《ろうばい》する中、その年の夏に新発売されたばかりの栗山村の吉本建設のミゼットの荷台に雨戸ごと乗せられ、地御前病院に担ぎ込まれ、縫合手術を受けた。

15才、疾風怒濤《しっぷうどとう》の思春期、少年栗造は、蝋燭を灯したカンテラを右手で掲げ、左手に切り出し小刀を包んだ着替えを持ち、最期を大きく燃え上がる蝋燭のような毒々しい曼珠沙華と湯気を照らして、薪が焚口の外に勢いよく炎を上げている風呂小屋に入った。夢精で一部糊付けのようになった下着を脱ぎ、下半身を洗って、五右衛門風呂に浸かった。腕が鉄に当たると熱いけれど、ブリキのバケツに汲み置いてある井戸水で調節した良《い》い湯の中、丸い底板の上で、少年はここ2週間、同じ広島県民なのに同級生が自分の３歳のときの眉間《みけん》の深い傷のことを陰で話していること、夏休みに白血病で死んだ先輩のことを忍んで来たこと、毎日思い描いては恋焦がれている女子のこと、養父母と中卒後の地元の就職先や地元の定時制高校への進路のことを巡って口論して来たこと、その口論のシーンを鮮やかに蘇らせ、佐伯家と石丸家の血統的な体質や文化的な気風の相違を強く感じるとともに、三興中学の同級生や先生との口論や縺《もつ》れた人間関係、その後の恨みを持ったことなど蒸し返し葛藤して来た。人との無益な比較も苦しめた。自分より、遥かに成績が悪いのに友達は、原爆で両親を失うこともなく、幸せな家庭生活を送り、全日制へ進む。佐伯の本家からも援助なし、村の上《かみ》の一番上の佐伯徳男《とくお》兄さんの処《ところ》にも養子に取られた自分は相談に行きにくいし、可部の田畑家に少女時代に嫁いだ筆子《ふでこ》姉さんはよく知らないし遠い。

「養子になった自分は、もう佐伯家とは縁も所縁《ゆかり》もない人間だ」

こう思うと、大切にすべきDNA的ご先祖への反逆になることを自責するのか、人間不信を自己憐憫《れんびん》するのか、心は千々《ちぢ》に乱れ動揺し、急に心細くなりむしゃくしゃし、どうしたらいいのか、皆目分からなくなり、孤独になった。また、原爆症の不安もあって、将来が不安になった。ノイローゼ気味になり、悪霊に取り付かれ、火の見えないトンネルの中にいた。不眠の毎日、迷える栗造は、尊敬する乃木さんの自決にも憧れて来たので、短絡的に自分も死に、実父母と六の処に行くしかない、と思うようになった。そんな迷走する子羊のような日々、毎日をもう一度、想起した。

そうしていると夜の不眠のせいで、湯船の中でしばらく、小さな少年はうとうとし始めた。腕が五右衛門風呂の熱い鉄壁に当たるやら、底板が浮いて来そうになるやら、鼻が沈んで窒息しそうになるやらで、目を覚ましたときには、もう小刀を乾きたての着替えのパンツの中に隠していることなど忘れていた。着衣して、母屋に戻ろうとして、未だ底で溶けたパラフィンだけを残して短い芯だけに火を遺しているカンテラを持ち上げた時、再びflash back。養父母との長年の確執、孤独と不安の夏休み明けの9月からの2週間が一瞬の走馬灯のように過《よ》ぎ、余りにも辛く思い出され、疎ましくなった。また、不眠の夜をこれ以上繰り返すのは嫌《いや》じゃ、とも思った。この世の名残、自己憐愍から湧き出る熱鉄の涙。

カンテラを元の湯殿の棚に戻した栗造は、今度は洗濯物の中の刃物を取り出し、コンクリ床の上に着衣のまま正座した。ネルの肌着から出した左脇腹を、自分の意志ではなく何か止めようとする強い力に阻まれながらも、躊躇《ためら》いながら、小刀で突き刺した。消灯未遂。

すぐに激痛が走った。なおも渾身の力を振り絞ったが、やはり何かに阻まれて、乃木さんのようには、右脇腹へ斬り進めない。どくどくと出血し、下腹部から凹凸のあるコンクリ床に流れ落ちて窪みで小池になる赤い川。鮮血を見て、気を失う。燃え尽きる蝋燭の炎が大きく息をし、断末魔の鼓動のように揺らぐ。

愛猫のフゥが血の生臭い匂いに異常を察知し、風呂小屋を覗き込んで、ミャーミャー鳴きながら、母屋に入り囲炉裏の傍で養父と明日の農作業の段取りや秋祭りの当番のことなどを話している養母石丸道子の体にすり寄ってその周りを歩いた。それを見ていた勘のいい養父石丸輪蔵は、血相を変えて、湯殿に走った。かくして、栗造は、輪蔵が運転し、荷台で踊るように揺られて付き添う道子と合わせて、３人でクッションの悪いミゼットに乗って、舗装してない七曲りで悪路の明石峠を揺れる度に呻きながら下りて、深夜の地御前病院に到着することになった。

フゥは、何度も荷台の雨戸に飛び乗って来ては道子によって庭に下ろされ、エンジンがかかると後を追いかけ、橋の袂《たもと》まで見送ったそうだ。

――その１週間後、慧子の習作、笛子の蝋燭と言葉に栗造は、希望の火を胸に再点火出来た。――

栗造は、見舞い、鼓舞してくれた笛子に手を振った。道子は、見舞った2人を病院の階下まで見送った。

道子が病室に戻って来るまで、栗造は笛子が灯した蝋燭を見ながら、消灯未遂を犯したあの日のカンテラの風呂小屋の蝋燭の炎と彼岸花を想起し、自分もまた、蝋燭のように、尽きて萎《しお》れるまで燃え咲いて生き抜こうと思った。

「あのとき、小刀を止めようとしたのは、すぐ傍の隠空《おんくう》に居る実父母の隠だったのかもしれない。天国や地獄など、そんなに遠くではなく、父母は、すぐ傍に居る」

付き添いの道子が、病室に戻って来ると、栗造は急にフゥを抱きしめたくなり、養父輪蔵の出迎えが待ち遠しくなっていた。

(2) 養父の骨《こつ》の火

消灯未遂から2年余り後に、難しい自分を精一杯実子同様に愛情深く育ててくれたこの養父との別離の日が訪れるとは、そのとき思いもしなかった。栗造、定時制栗山高校2年生の秋、村の衆とバスに乗って、広島の恵比寿講に遊びに出たとき、養母、石丸道子と栗造は、旧山陽街道の本通り商店街に行った。その間、養父石丸輪蔵は、村のすぐ上の佐伯家伝来の家に住む実兄佐伯徳男、栗造の肉親的な代理父でもある彼と一緒に、養子が被爆した水主町の現場近くを訪れ、原爆記念公園（旧中島公園）に戻った後、１００m道路（平和大通り）が走る平和大橋（被爆時崩落、元安川に架橋）を歩いて渡り、白神さん（神社）と国泰寺にお参りしようとして、NHK斜め前の広い交差点の横断歩道を段原方向の東へ向かって渡る途中、広電（広島電鉄）のバスに撥ねられた。

夕方、水主町から戦後基町に移った県庁前でバスを村人と一緒に長細い花壇のレンガに腰を掛けて待っているとき、顔面蒼白になった徳男（地御前に出た後、原爆投下後栗山村の石丸家の上《かみ》の佐伯家の古家に移住）がすぐ後ろの県庁横の広島市民病院で、石丸のお父さんが息を引き取ったことを知らせた。

栗造は、２人目の父も失ってしまった。

白装束の亡き養父輪蔵は、皮肉にも実の父焔徳の従弟佐伯家具店主、佐伯増蔵《ますぞう》が作った棺桶に、弥生人が甕にそうされたように、硬直した脚を少し折りたたみ、百姓仕事でグローブのように皮膚を厚くした両手を合掌し、自分の父母やその他の親族や多くの村人の隠を送ったり教覚寺に持参した愛用の数珠を掛けて、納められた。菊の花園の中、愛用のネクタイ・煙管・毛筆と共に静かであった。村人に担がれた棺桶は、枯野の細道を左右に静かに揺れながら、河内神社の西の山の麓の野辺に送られた。栗造は、その焼き場に、石丸家の仏間の火鉢の熾炭《おきずみ》を懐炉に入れて運んで移し、それを弔い火にした。

まだ赤く燃える炭火の中から石丸のお父さんの骨を拾ったとき、その温もりを慈愛のように感じ、まだ温い骨壺を小さな六にそうしたように、抱きしめて泣いた。

栗造「お父さん、お父さん……我が儘で、恨んだりして……小刀で消灯未遂をして佐伯家に対して、石丸家の面汚しをして、本当にすみません」

村の菩提寺、教覚寺での四十九日の法要の前夜、養父が交通事故に遭ったときに履いていた皮靴を見たとき、実父の焼け焦げた遺品の革靴も一緒に思い出した。仏足石が釈迦の教えを説くように、遺靴も、ありし日の人の命、火を説く。まさしくこの靴に足を通し身躯を立てていた2人目の父、そして実の父の姿を思い出したり連想したりした……再び、留処《とめど》もなく涙が溢れ出て来た。養父の隠は、まだ靴を履いて、見えないが、ここに立っている。

村の魚屋河辺《かわべ》でお斎《とき》を頂き、未亡人になった道子と帰宅したら、鼠を捕りに上がる青大将よりもそこでよく同じ貢献をしてくれるフゥが茅葺屋根の天井裏で、ミャアミャア鳴いている。執こいので、栗造は喪服を着替え野良着のズボンの後ろポケットに懐中電灯を差し込み、囲炉裏のある莚《むしろ》の部屋から上に掛けてある梯子（渋柿を採るのにも使う）を上った。フゥは、骨董品や我楽多《がらくた》のさらに奥の通風孔の竹の格子から夕日の差す暗がりに居た。そこには、河内神社のミニチュア版の神棚の社が埃を被っていた。それを引っ張り出して、梯子を下りる栗造にフゥが付き添って、莚の上に飛び降りた。

初めて見る神棚の社に道子は、四度柏手《かしわで》を打ち、はたきを掛け、2年連続した不幸から逃れられるよう願いつつ、お塩を上げ、取りあえず、その神棚の社を仏壇の横の床の間に置いた。2人は、指物の見習いで上達した腕で栗造が急ごしらえした棚にそれを納め、朝、仏壇にお鉢を上げる前に、力を頂けるようお参りした。近くの佐伯徳男兄が出かける前にするように、お互いが出かけるときは、火打石を打つようにもなり、フゥが知らせてくれたお蔭様で信心を形にするようになった。それからは、道子も栗造もフゥも、厄の隠が石丸の家から退散してくれたような気持ちになった。

育ての父亡き後も、栗造は農業と佐伯家具店で指物の仕事をし、また母と農作業やお札の原料になる雁皮を山中に求め炭焼き枝打ち植林などの山仕事をしながら、もう2年半、合計4年間定時制高校に通い卒業した。

(3) 被爆都市の火

19歳の栗造は、1961年4月、実父母もろ共被災させられたが、一見復興したかのような被爆都市の本通り商店街の明かりの中を歩いていた。

正面から歩いて、体中の淋しさ訴え掛けて来る淡麗な目元、その中年の男性の失われた左足を庇う左脇の松葉杖。通りに立つ白い衣姿の2人、これらアコーディオンを弾き語る復員兵。彼らの失われて、晒《さらし》を膝にぐるぐる巻きされた右足、その右足の代用をする右脇の松葉杖。

栗造「戦後の火は未だ燻《くすぶ》っている」

父焔徳の従弟佐伯増蔵の佐伯家具店の仕入先の広島市内の親戚の高級家具製造の栗田家具店(増蔵の姉、父焔徳の従妹ミツノの後入り嫁ぎ先の主人栗田源蔵の実兄栗田豊の経営)の紹介や仏壇職人になった佐伯弘《ひろお》夫兄の紹介を受けて、その系列の栗田仏具店に勤めた。

栗造は、この工場で、被爆者鎮魂のお経を読みながら真心を込めて創作する仏師から多くを学び、見習いをし、5年間で実際に仏壇を製造できるようになる。当時から、栗造は店のほうから、簿記会計も出来て重宝され、人の痛みも分かり思いやりもあり、情の通った人の使い方もできるという評判であった。3S化（標準化単純化特化Standardization/Simplification/Specialization）されて仏壇に魂が入っていない量産のものよりも、「特別なOnly one♪」（槙原敬之）、全工程仏師のように仏の魂を込めて製造する栗田仏壇には、幸せを引き寄せる力があるようだ。

こうして、広島市内に出た栗造は仏具店に働きながら、第一次安保闘争2年後の広島大学政経学部の二部に5年通い、無事卒業出来た。この時代、友人の数名が昼間のボンボン学生と一緒に、無欲な善人による「反帝反スタ（反帝国主義・反スターリン主義）」の「共」産主義社会実現こそ原爆投下や戦争を防ぐものだと主張し、反日韓条約の運動にのめりこみ、デモに出た。

その新左翼も一部の活動家だけが、浜井信三市長の米による時代精神迎合の「Atoms for Peace」に反対していた。栗造も定時制高校の先生が、台風の目に落とせばその被害を未然に防げるだとか、60年に開業した東海原発は夢のエネルギーだとしていたのを覚えていた。栗造は、当時も今も原発などの平和利用を含めて、さらにプラマイはあるがレントゲンさえ含めて、父母を放射線被曝させ、お盆過ぎに脱毛させ、原爆症の一つである壊血病で命を奪ったウラン、それら放射能の一切を、特に核保有国に対して、許さない。

時代を手繰《たく》り寄せて2018年現在、栗造が思うに、原発公害については「原発ローバオジジサンプーテッテ流（老・Ba・温・事・地・産・腐・テロ・テクニック・流）」だと確信している。即ち「老朽化〈原発10の危機・不安――30年耐用年数以上の稼働、日本の原発の多くが1970年代に建設された「トイレなきマンション」〉・Back-end〈償却後の放射性廃棄物の処理問題〉・温排水・地震〈免震装置の欠如、活断層にほど近い原発、津波による冷却水の遮断の恐れ、cf：伊方原発の5㎞先に活断層〉・事故〈細管のギロチン破断などの事故・操作ミスなど〉・産業〈原発補助金づけ行政による農林漁業や地場産業の荒廃〉・腐敗〈利権に群がり地域を蝕むハコモノ賄賂行政〉・テロ〈冷却水導入管など弱点を狙われる可能性大〉・テクニック〈パテント料の支払い、未開拓のバックエンド処理・保存術、未熟なプルサーマル技術など〉・流通〈プルトニウム燃料や放射性廃棄物の物流の時の危険性〉［21世紀日本の原発は2030年以降も電気エネルギーの内の現状の30％代維持＝55基以上の実質稼働維持、旧基の老朽化に備え、今後新たに実質約55基新設〈1960年以降の総新旧建設量110基=55×2〉の危機」」といった原発公害が存在する。

1960年代当時、栗造は、この連中と原発反対では意気投合、共産主義には反対しつつも、正門横のおふくろの味の食堂で、「呉越同舟」よく飯を一緒に食べた。偏狭な共産主義に反論して、思わずお守り袋の萱の葉（六の爪のレプリカで三日月の形はイスラム教の象徴）・十字架・マントラを見せ、宗教習合の和を唱えたこともあった。その丸い木製のテーブルで、「おめでたい、あんたらは、夜間部に来とるのに、人間の正体を知らん、善人も主義主張を宗教化して組織的に動くときは悪人になりやすいんじゃから、それは幻想じゃよ」と、カルトに乗っ取られたような顔つきの運動家を批判した。が、差別と抑圧のない社会を創ろうとし、社畜になることを拒否したこれら若者が、どこか実父、焔徳も好きな赤穂義士や特攻隊員に似ていて好きだった。無私、自己犠牲。任侠映画の感想では、完全に意気投合した。ハンストを学内の散髪屋や食堂前のキャンパスで決行している知人も思い出した栗造は、目の前の活動家にこう言った。

「心意気だけは買おう。善の思いで悪行を犯すことになっても、その傷だらけの一所懸命は、百の評論よりも美しい。少ないが、これをとっといてくれんさい……」

そう言って、なけなしの板垣退助（百円札）を5枚カンパした。

その後、1972年に榛名山での連合赤軍のリンチ事件が発覚した時、栗造は、赤軍とはセクトの違う中核派だとはいえ、同じ同級生のこの時の活動家の数人が宮島の包ヶ浦でクラス会のキャンプをしていた時、害虫であるとはいえ火に入る夏の蛾を捕まえて喜びながらライターで火あぶりしていたサド的悪戯を苦々しく思い出したことがある。栗造は、あの会食から半世紀以上が過ぎた2018年晩夏の今、苦労しプロレタリアの悲哀を知った今になっても、変わらず反共である。

「共産主義は、量子力学無理解の唯物論をもって情け容赦なく、プロレタリア独裁（幹部＝ロスチャイルドなどによるファシズム）下で、私有揚棄を指揮し、地球環境・技術・協働に応じた生産力に応じて最適ミックスにすべき私有・公有・共有のバランスを壊し、土地・生産手段などを全共有にする政経を目指す。スターリン独裁下のソ連、毛沢東の虐殺中国。キューバだけは、人道のゲバラ精神も残っていて、私有的家庭菜園を認めた例外的共産主義。『資本論』の物象化論は、唯物史観の根幹になる物象の自己展開による商品→貨幣→資本を必然としているが、人為的制度的な対応、宗教的介在なしには、人類学も説くように、物々交換からの貨幣の生成は、ありえない」
「かつて、広大前のあの食堂で一緒にめしを食った活動家の友も、マルクスの一貫した理論に魅了され、「青い鳥」共産主義社会を夢見て、『資本論』の重箱の隅をほじくったりしていたが、その内、わしみたいな不思議体験によって唯物論から離れ、その後の連合赤軍事件の「総括」を総括し、人類学なども学び、今頃、わしが言うとった人間の俗物性を考慮しない共産主義の理論的誤りなんかに気がついとる者もおることじゃろうが、行方不明になっとる者もおるようじゃ」

栗造も、当時は直観的な性悪説だけで、「共」産主義を批判していたが、後にその共が羊頭狗肉の「共」で、実態はカザールマフィアによる人間牧場建設主義だと見抜き、この洞察がもっと早ければ、友人を悪の道から救済出来たのに、と思うようになる。友人の一人は、最大限留年した後に中退し過激な空理空論の党派に属し、反戦青年委員会の属す老兵全学連の一員として、母校の１９６０年代末の全共闘運動を仕切り、果ては不毛な内ゲバに巻き込まれ、行方が分からなくなった。この当時の友人を、今なら非共産主義の自給自立の農地所有・半農・自然農を基本にした地域コミュニティ創設運動に勧誘できたのに、と悔やまれるのである。60年安保覚めやらぬ時代、当時の日教組系の先生も先生で、誰一人、ロスチャイルドなど閨閥独裁の人間牧場論からまともに共産主義を批判出来る人がいなかった。

5年間の学業と仕事の両立を経て、広大を卒業した後は、栗造は実質上の栗田仏具店工場長として、製造、指物の仕事と経理や外商とを兼務し、忙殺された。その勤務の間、毎年秋、遺族として、筆子姉・徳男・逸夫・弘夫兄、兄弟姉5人が揃って、広島県警の原爆犠牲者追悼に参列し、式場の近くの豆腐主体の精進料理店で会食するのが楽しみだった。

最も印象に残っている楽しかったことは、兄達の挙式に、養父養母と出て、栗山村の人や筆子を初め親戚の隠し芸や歌や踊りを観たり聞いたりしたときのことであった。幼少期に徳男、小学生時に逸夫、大学生時に弘夫が結婚した。

（4）仏壇の火

大卒後、栗造の生活も安定して来たとき、養母道子が農閑期に働いていた木工所で知り合った女性夕子《ゆうこ》を紹介した。今度は栗造の挙式の番になった。厳島神社でのその準備の疲れが出たのか、安心したのか、道子は、宿泊先の宮島の国民宿舎から栗山村に戻った日から体調を崩した。しかし、亡き夫の後、石丸家の養母としての務めを力一杯果たした充実感、気に入った嫁を迎えた幸福感に満たされていた。すぐに、快復し、早速、家の前の畑仕事に精を出した。

その最中に、マグネシウム不足のせいか、心筋梗塞を起こし、不帰の人（隠界の隠）となってしまう。栗造は、養父輪蔵と同じように、神社の近くの山の焼き場で、「消えずの火」を大きく長い松の木の薪に点火した。未だピンク色のお骨を拾うと、骨壺は熱くなり、心身を温めてくれた。それを、仏壇の前に置くと、実母のように、育ててくれた道子のいつも控えめな仕草、言葉、萱の落葉をお守り袋に入れた機転、田植えや肥担ぎをしているときの笑顔などが、急速走馬灯のように目の前を回っていった。村人は帰宅した。

その後、栗造が、仏壇の蝋燭に火を灯して、新妻に、輪蔵の事故死のこと、それからの道子の苦労話をした。忘れえぬ一瞬、萱の繊月のような針葉から六の爪を類推し、閃いてそのレプリカを施してくれた、次のような一瞬を浪曲師焔徳が乗り移ったかのように活写した。栗造は、１９４７年8月初旬、道子に連れられて盆踊りの会場の準備をしに河内神社に上り、休憩時間に栗山村のやっと慣れた童子らと輪になって西瓜を戴いた後、大きな円座の上で独り微睡《まどろ》んだ。六がカンガルーの赤ちゃんのように胸のお守り袋から顔を出し、栗造の左乳首を舐めている。2年ぶりの六との楽しい再会の夢。現《うつつ》のランニングシャツの下の左乳首には、西瓜の白い表皮の小片が付着していた。栗造は、お守り袋を覗き、マントラと十字架の間に三日月を見つけた。すぐに、1年前の実父の仕草を思い出し、その何たるかを悟った。栗造は、同じく境内にいた実兄佐伯徳男にドクダミの葉に包《くる》んだそれを見せ、三回忌の法要後に実父母の隣に納爪して欲しいと頼んだ。見守る道子、眼を潤ませる母。すでに、輪蔵（死の床の焔徳→佐伯昌嘉→輪蔵）からお守りの一部始終を聞いていた道子は、自分の爪先の一葉を栗造のお守りに仕舞い込んだ。二人には、骨壺から少し土器がぶつかり合う時のような音が聞こえて来た。改めて、二人は、骨壺に手を合わせ、念仏を唱えながら、感謝の念を胸に刻んだ。

栗造「これから、やっと楽をさせることが出来たのに。旅行や映画や飲食店やドライヴに連れてゆけたのに」

栗造は、3歳時以来の道子との「出会い（で）育てられ」、30歳時の「別れで」諸行無常を知り、「深められ」た。道子は、どんな思いで、栗造を養子に迎え、育て、隠界の人になっていったのか。あのとき、こうして上げればよかった、自分は未熟者だった、などの先に立たなかった後悔から、一期一会、いつまでも人は生きてはいないのだから、その時その時を大切に人と接しよう、としみじみ思った。「深める」とは、無常を知ることか。「知足」も、無常を受け入れることだという。

四十九日に、栗造と夕子は、教覚寺の住職と親戚を呼び、道子の骨壺を、栗山村の山懐《やまふところ》のフゥの小さな墓石の隣の大きな墓石、石丸家の「倶会一処」と書かれたその下に納めた。

栗造は、養父養母フゥ、そして実父母も、四十九日が過ぎても、すぐ傍の隠界の隠として、見守っている、と実感している。お骨は、隠の止まり木、それをお墓に置いて、ときどき、ここでお休みください、と養母の隠に話しかけた。

墓場のフゥの話しになるが、フゥは、栗造15歳のあの大事件の直後、地御前病院から生気を回復して栗山村に戻って来て、自宅療養する栗造の傍を離れなかった。やがて、大きく成長し、二十日鼠避《よ》けにともらわれていった子猫を沢山生んだ。フゥの糞尿が臭いと文句を言う者には、彼女が人知れず鼠を捕って食べていることを話し、「ただ乗りを慎め」と言って庇ったこともあった。また、水俣では、猫が食べた魚の水銀で劇症痙攣を起こし絶えた後、鼠が増えた話しなどもした。猫は縁の下の力持ち。

フゥは、栗造が定時制高校を出てから広島市内に移り、広島大学を卒業した春に、帰省し再会した時、あの時のように一日中、栗造の傍を離れなかった。ふりほどくように、栗造は仕事で市内に戻った。その後、神社の山桜が青葉になる頃、フゥは、家に戻らなくなった。飼い猫の寿命は、ほぼ15年、少し早い別れを栗造は直観で知った。栗造が、石丸家の墓地に建てた彼女フゥのお結び形の川原石の墓標は「参り墓」で、骨が埋まっていない。

栗造は、フゥとの別れの数年後、道子とも死に別れたが、それからさらに2年後、誕生した徳郎と出会った。道子が生きていれば、石丸家存続に、ことの他喜んでくれたことだろう。

(5)『消えずの火』発見

それから約20年後、奇しくも、20世紀末に近い1993年末、実父焔徳と実母慧子の合同の五十回忌の年の前年の師走、実母の地御前の実家の従弟の船津惠太郎は、土蔵の奥の朽ちて埃を被った長持の中からセピア色の大きな封筒と一緒に馬糞紙の表紙の原稿集を見つけた。一応、古い封筒の中身だけは点検してみると、中から絵の具で描かれた蝋燭や厳島の赤鳥居などの絵葉書とA４判のお下げ髪の小学生の絵が出て来た。裏には、「石井笛子画」と書かれていた。同郷で滝乃川学園に居る笛子さんだとすぐに分かった。これらの水彩画だけは、保存するように仕分けた。

古ぼけた原稿の方は、その端も中身も、二十日鼠やゴキブリに齧《かじ》られ、ゴキブリの糞が牛膝《いのこずち》の雨粒跡のように原稿用紙一面に付着し、鼠の尿《いばり》の匂いがするもので、庭の年末大掃除の焚き火に手紙と一緒に焼《く》べられようとした。

そのとき、上陸禁制の神の島、厳島の神社の「前」の陸「地」の拝「殿」となり、化身した6世紀末のコピーとも言うべき「地御前」神社の縄張りの林、その上空の方から、恵太郎に懐いていて「おはよう」と挨拶できる烏のクロちゃん、子供たちの人気者の一羽の大烏が飛んで来て、一つ残った舩津家の庭の熟柿の木の枝に止まる、恵太郎の手元を凝視したまま頭を一所懸命に上下させながら、「クロゥクロゥ、ケエケエ、キエ（ず）キエ（ず）♪」と高く啼いたそうである。

なので、クロちゃんの異常な振る舞いに凍りついた恵太郎には、それが幻聴的に、こちら「クロクロ、慧焔《けいえん》・慧焔、消えず、消えず」それ焼却するな、と聞こえたそうである。もう一度、咳をしながら馬糞紙の埃を払うと、焚き火も消えていなかったが、「佐伯焔徳『消えずの火』」という表紙の焔徳肉筆の「消えず」という太い文字が浮かび上がって来たそうである。奇跡、佐伯屋のバイブル発見の瞬間であった。福音「クロゥクロゥ……♪」は真《まこと》のことであろう。烏は、栗山村でも、昔から鳴き続けて村人の死を予告すると言われている。まして、仲良しの烏、クロ。蛍さえ、知覧でも、特攻隊員の遺言、その予告「帰って来るからな」の通り、世話になった富屋食堂のトメ母さんのところに、季節外れで、飛んで来たというではないか。「クロゥ……」と鳴いて警告した時、クロの頭脳には、焔徳の隠が乗り込み、移り住み、その頭脳の一部を隠界にしていたのだろう。

惠太郎は、廣島高等女学校（現広島皆実高校）卒で女子英学塾（津田塾）出の惠太郎自慢の伯母さんの名前が慧子だということ、義理の伯父さんの名前が焔徳だということは、知っていたし、翌年8月の五十回忌に出席予定だったので、「慧子・焔徳」の潜在意識からそう聞き取ったのかもしれない。いずれにしても、焼べらようとしたけれど、焼失を免れて、鼠の小便臭い大きな封筒の中の慧子母と焔徳父が相互に文通したときの手紙と父の肉筆原稿は、残った。

そして、この原稿『消えずの火』は、富士夫兄の経営する『週刊求人舎』を印刷するニシキプリントで写真製版されることとなり、1994年8月、比治山の分骨先の浄土宗長聖寺で営まれた父母の五十回忌の法事の席で、参列者全員の手許にスポンサーの逸夫兄が両手で直々に配布し、父にそっくりと従兄の昌嘉《まさよし》さんも言う声で、刷り上がったばかりの真新しいその遺書について、末尾の次のような説明を本堂に講談調で響かせた。

追憶　父母を偲びて、両親は昭和二十年八月米国投下の原子爆弾にて子供五人を残し被爆死す。

偶々《たまたま》父が幼い頃の想いで、又、現役当時の暇暇に書いた随筆が見付かり、書き残したままに製本す……

母は、一番下の栗造が三歳、子育てと、署長夫人として上司、部下への勤めは大変であった。原爆で諸々の家財は消失したが、残った写真、そして父の経歴は、父の兄佐伯富士夫……が書き残した。

どうぞご縁のある方々、ご一読下されば父母も歓ぶと想います。

三男　佐伯逸夫

栗造は、自分の記憶にはないが、生後3年間、共に同じ外なる火を見た亡き父焔徳の生命の火、内なる火がどのように燃えたのか、謂わばその火跡を追体験したい。これから76歳以降の老海に人生の舟津から再出航する自分と焔徳縁《ゆかり》の佐伯一族の灯船《とうせん》にしたいと思い、『消えずの火』の記述を追うことにした。

第2章　少年の火

父焔徳《えんとく》は、人生最後の月、八月の火を見る前の49年の生涯に、胸にどんな火、数々の理性と情念との葛藤の火、火群を燃やしていたのか。殊《こと》に不遇な時代の火群は、どんな風に燃えていたのであろうか。

栗造は、２０１８年お盆明けから入院前日までの１か月足らず、上のような問題提起の答えを求めながら、焔徳と慧子の被爆と２人の伝記を精魂込めて執筆した。２０１８年９月10日には書き上げ、それを保存したＵＳＢを焔徳の少年時代の習作、山桜の硯箱に大切にしまった。

翌９月11日、栗造は胃に激痛を覚えて、地御前病院に緊急入院した。小康を保《たも》つ時がほとんどない。悪化している。栗造は、栗山村の自宅のＵＳＢのプリントアウトを長男徳郎《とくろう》に頼んだ。そのプリントの一部には、次のような栗造の記述があり、プリントの大半は、転載するように、栗造が『消えずの火』を現代仮名文字に変えたものであり、栗造と焔徳の合作であった。

第1節　焔徳の命の火

焔徳、父は、どんな謂《いわ》れの名をもらい、どこのどんな家で、生命の火をもらったのだろうか。赤貧の栗山村佐伯本家の茅葺の小屋に新たな命の火が灯った。

1．焔徳、産湯の火

瀬戸内の廿日市に降りるかつての津和野街道。柿本人麻呂も、船路が待っている草津港もしくは廿日市港へ向かって益田から中国山脈を横断する山路、暗く長い道程を経て、眼下に飯伏銀《いぶしぎん》のように光る瀬戸内の見える明石（上には野貝原山、「明」るい古代宇宙船飛来説と巨「石」あり、淡路島と明石の間の海峡説が主流）の門へ出たとき、神の島、厳島、大和島（奈良説もしくは淡路島説が主流）をこう詠ったという。
「天離《あまざか》る、夷《ひな》の長通《ながぢ》ゆ、恋ひ来れば、明石の門《と》より、大和島見ゆ」

津和野街道、山林の続く石見からの幾山川を上り下りし、山里の寒村、栗山村を珍しく長方形の水田と真っ直ぐな細い用水路に挟まれてL字型に曲がる。その曲がり角の用水路の山側の佐伯家先祖代々の墓を控えた台地に建てられた粗末な小屋、俄作《にわかづく》りの一灯の貧家で、焔徳は、初春に呱々《ここ》の声を上げた。宮島の消えずの火を数か月前に分けた竈《かまど》の薪の火で炊かれ、盥《たらい》でこの声を待っていたまだ熱い産湯から、ま冬の朝の光が、立ち昇る湯気の中に屈折して出て、荒家《あばらや》の軒先の太陽に向かって斜め一直線に突き進んでいた。

ツタ（遠縁の産婆）「男の児じゃねえ……」

キヌ（栗造の祖母）「ありがとうございます」

報せを聞いて、家の前の小作をしている残雪の畑から戻った祖父、太一は、軒の肥え壺に向かって用足しをした後、縁側から座敷に上がるや破顔一笑、産着に包《くる》まれた赤子を高く掲げ、亀道《きどう》和尚からもらった名前をお日様と産婆さんと家族と赤犬と庭鳥に告げた。

杓文字《しゃもじ》彫りの名人でもあった栗造の祖父佐伯太一（焔徳の父）は、その火焔光背の不動明王を掘り込んだ芸術的な秀逸至極の創作、大きな朴《ほお》の杓文字の一品に、男児の一生の無病息災、魔除けとなるよう、祈願しながら、芸州熊野に筆づくりの内職の縁で嫁いだ妹の制作した筆とその婿が合力に行った紀州熊野からの帰りに奈良で買った炭で「次男焔徳、明治三十年（一八九七年）一月八日、命名大聖院亀道和上」と記した。朴の杓文字は、被災を逃れて、地御前の母の実家、船津家に残る。

この朝、栗造の祖父佐伯太一が告げたように、焔徳という名は、小学生の焔《えん》ちゃんが深山《みやま》でその原木の切り出しの手子《てご》（手伝い）をした杓文字と縁がある。大願寺《だいがんじ》同様、厳島神社と神仏習合の対《つい》をなす真言宗大聖院《だいしょういん》の僧侶、亀道から、提案されたものらしい。焔ちゃんが胎内にいたころ、栗造の祖父太一が七月の管弦祭の日に合わせて、その2日前に太一の弟で馬子の佐伯与作《よさく》（増蔵《ますぞう》の父）と一緒に、原木をいつも炭を積むその弟（父、焔徳の叔父）の大八車に載せて、翌未明、ブリキのカンテラの蝋燭の火を頼りに、それを曳《ひ》いて、和乱治《わらんじ》峠を下り、妹背の瀧に参拝し、そこで握り飯を食った後、宮島口まで運送し、波止場まで行き荷を下ろして親しい宮島焼き（お砂焼き）の窯元に大八車を置いて、渡し舟に借りた猫車や荷子《にこ》（背負子）で原木と杓文字を積み、管弦祭前日の午後、安芸の宮島の名産飯杓子の原木は木工所の宮島屋に、杓文字は小林商店に出向き納めたときのことである。その日の夕方、原木の代金を宮島屋から頂き、懐を温かくした祖父太一は自分の弟与作と弥山の麗の方の蝉時雨《しぐれ》の大聖院を訪れた。

太一「お蔭様で、御御《おごう》（妻）の腹に、今度三月《みつき》したら、十月十日《とつきとおか》になる次の子がおります。ええ名前をつけてみたぁんでがんすが……」

僧侶亀道「……男なら焔徳《えんとく》では、畏《おそ》れ多いかのう……女子《おなご》なら倶子《ともこ》……」

太一「響きが良えですのぅ。どうゆう字でどうゆう謂《いわ》れですかいのう」

亀道「えんは、お不動さまの火焔光背のエン、すぐ上の不消霊火堂の大師様の「消えずの火」のほのお。そもそも人《ひ》は霊止《ひと》、霊の火が止まって生まれてくるのが人。大日如来の火、徳は、徳一《とくいつ》和上のトク。焔《ほむら》を胸に秘め、陰徳を積む。徳一さんは、疑義は呈したものの真言宗の流布、喧伝《けんでん》をお大師さまから一時任せられ、菩薩と認められた高僧。東国では伝教大師とも論争したと言われておってのう。倶子は、大聖院にもご協力いただいている浄土真宗でも言われる「倶会一処」の倶《く》、お大師さまと「同行二人」、お大師さまと倶《とも》にの倶じゃいの……」

太一「畏《おそ》れ多いことじゃけえ、生まれるまで、考えときますけえ」

僧侶とのこういう短い再会の後、祖父兄弟太一・与作は、お寺を辞し、厳島神社の参道、みやげ物屋街裏の宮島屋の木工所の離れに一宿一飯のご好意に預かった。

翌朝、まだ肌寒い薄明《はくめい》の中、兄弟は、弥山《みせん》に登り、唐から帰朝した後の修行大師ゆかりの唐からの「消えずの火」のお堂に入り、密かにその囲炉裏の薪の火にドロップ缶に入れた姥目樫《うばめがし》の消し炭を投じた。そして、大釜のお湯を頂《いただ》き、山頂の岩場から瀬戸内に出た日輪に二礼四拍一礼（出雲神楽様式）した。

太一「佐伯屋《さいきや》復活の力を、さらなる力を与え給いますよう……照らして下さるあの山の向こうの佐伯の荘の弥栄《いやさか》を……」

与作「一族一門の健康と左手の盆地の栗山村、渡ノ瀬村の安穏に、焔徳の炭焼きと馬子の仕事がちょっとでも及びますよう、力を下さるようにお願いします……」

日の出に深々と頭を垂れた後、兄弟は、再び、お堂に戻り、「消えずの火」の燃え移った先ほどの種火（分け火）を缶に回収し、山を下りた。

宮島屋に戻り、そこに置いた杓文字、山で管弦祭の御座船を彫り込んで拵《こしら》えた銘木の杓文字数点をすぐに土産物屋の小林商店に行って、消化販売の約束で納めた。かつて前回納めた分の売上代金の一部をもらい、さらに懐を温めて、兄弟は好きな浪曲目当てに参道広場に俄《にわ》かに造られた芝居小屋兼見世物小屋に足を運んだ。早その日の茹だるように暑い7月半ばのお昼過ぎには、今度は、宮島焼の窯元に預かってもらっていた大八車に、饅頭や干物・塩蔵の海産物や衣類や書物などを括った。

大八車を引き、押して、いつものように大野の玖波、松ケ原経由の少しは緩《ゆる》やかな坂を上り、渡ノ瀬を経由して帰郷する道にしなかった。遠くはなるが、管弦祭の夕方に本殿を発し回遊する御座舟の到着を待つ地御前港のお宮に、午後「消えず」の分け火とともにお参りした。管弦祭は、発輦《はつれん》祭、御本殿出御から始まり、女神を乗せ管弦の曲に優雅に海上を滑る御座舟が、大鳥居前を通り、火立岩《ほたていわ》を通過して、夜9時頃、地御前神社に至る。そして、長浜神社・大元神社・火焼前《ひたさき》・客神社前を通り、女神は深夜11時頃、御本殿に還御される。

夜9時頃の御座舟の地御前港停泊までは待てないが、太一兄弟は、妹の嫁いだ先の中野家の病床のご主人を見舞って、大きな風呂炊き用の団扇《うちわ》で扇ぎ、風鈴は鳴れども、自分たち兄弟も汗を拭き拭き挨拶し、しばらく鴎や鳥が鳴く地御前に滞在した。そして、人麻呂も鷗外も西周も通ったという明石峠を越え、河津、津田経由で栗山村に戻って来たそうである。

暑い時にも熱い茶が良いとは言うが、七月半ばの凪《なぎ》の夕方、ドロップ缶に入れられたその火は、途中蓋を開け放しにし、取り出して吹き吹きされたりしてやっと、村の家々にランプの明かりが灯ってそろそろ消される夜中に佐伯家に持ち帰られ、家宝

（火宝《かほう》）になった。祖父が、父の名を告げた、お正月休み明けの3か月前のことであった。

2．佐伯家の火

栗造は、なぜ、父焔徳の生命の焔、一族との火を追おうとするのか。栗造が、見失ってはならない尊い本当の自我を深く見つめ、自立したいからであろう。原爆投下の真犯人などからの色んな洗脳を解き、自立するためには、自分の感性、自意識を形成させ作用させている、チレカカシ（血＋霊＋家風＋家庭環境＋社会環境）を知り抜く努力が必要だからではないか。

自意識は、これらチレカカシの相互の間の葛藤、とりわけチレカカとシ（社会環境）との長い葛藤が綾なして来た自分史の賜物ではないか。自意識が、カカを突き放すことはできても、ご先祖、宿命の佐伯家のチ（ＤＮＡ）とレ（前世の魂、チとは無縁に生まれ変わる）からは逃れられない。自分の芯になるレ（霊魂）、生命の火（球）は、この世に居る限り、再生・誕生した際の仮の宿となった自分の頭脳・内臓をはじめとする肉体からは逃れられず、肉体はチ（血筋）を継承している。だから、ここに、佐伯家のルーツを訪ねていこう。レは宿題にしておこう。

佐伯家の伝承では、佐伯家は、安芸の山の里、佐伯に塞《ふさ》がれ（幽閉され）た鬼（縄文人、佐伯家でも長い間騙されていたが史実に忠実ではない歴史小説家の司馬遼太郎『空海』の佐伯真魚《まお》アイヌ説は誤解、アイヌは日本原住民ではなく13世紀にアムール川周辺から渡来したと思われる。日本列島への出戻りでもない。ちなみに、司馬遼太郎の乃木愚将説も誤解）の末裔である。創作神話の日本武尊《やまとたけるのみことさかのうえのたむらまろ》（坂上田村麻呂や竹内宿禰《うちすくね》がモデル）が、東征の際、常陸の国（茨城）で、横穴住居に茨を敷き詰めて、待機し、戻って来た鬼が茨を痛がり、穴から一斉に出てきたところを捕獲し、平安京に連れ帰った。京で御所の護衛に当らせたが、荒ぶるので、野の佐伯、山の佐伯に分散引率された。厳島（宮島）神社が治め、古代玖島の郷に司を配置した佐伯の庄に塞がれ幽閉された。その司、名主の下に先祖の佐伯が置かれた。このように、佐伯家は、栗山村有数の地主であり、かつて厳島神社の社領であった佐伯の庄の玖島の司から栗山村の飛び地の管理を任せられた家柄であった。何百年もたった平安時代の末期に、その佐伯家には、厳島神社の紹介で、京の三島神社縁《ゆかり》の５人の平家の武士が壇ノ浦に落ちる前に妹背の瀧を上り避難してきた。この時の平家の胤《たね》が佐伯家に流れている。

三島神社の神様の一つが鰻なので、佐伯家は代々、鰻を食べない。

名家《めいか》で、分限者であったが、明治になって、信心深い曽祖父、蔵男《くらお》が養子に入ってから、善六様の呪いを恐れ、徳を積み罪を購《あがな》おうとする余りに、困った村人の金銭的保証人になって、家財・田畑・山林の全てを失う。消えかかる火勢、没落。祖父、太一は、学校にも通えず山の手子《てご》を続ける焔徳兄弟に、試練を受けて立つ覚悟を求め、励ますように、祈るように、よくこう言った。

太一「蔵男爺さんの代に、家屋敷や田畑・山をとられて、こうして難儀をするのはのう、幕末の百姓一揆の折、参勤交代で沖の山陽道玖波を通りがかった島津の殿様に直訴しんさった勇敢な玖島の義士、善六様を見捨てた割庄屋《わりしょうや》、佐伯屋の先祖、甚九郎さんが呪われた因果じゃけえ……苦労すりゃするほど善六さんに酬いることになるんじゃけえのう」

佐伯家の目標的一体感（アイデンティティ）は、佐伯屋復活・復興の希望の火を点けた。

第2節　山々の火

父焔徳の原点は、陰徳の心象風景ともなった少年時代の山の埋《うも》れ火ではなかっただろうか。灰に隠れて見えないけれども、人の食・暖・明かりなどの小さな小さな生活のために、そのときを物言わず静かに優しく待っている埋れ火ではなかっただろうか。父は、少年時代、どんな火を体の外と胸に燃やしたのか。随筆『消えずの火』からその火のイメージを描いてみよう。

1．思い出の火

父焔徳が、不遇のとき、心身疲労困憊《ひろうこんぱい》したときに、いつの日も思い出したのは、石と赤土で急ごしらえした竈《くど》の火、津和野街道沿いの山々の谷川の近くのちょっとした丘を選んでそこに移設した簡易掘っ立て小屋の竈や囲炉裏の火、その灰の中の埋れ火であった。

この火は、宮島の「消えずの火」を密かに姥目樫の墨に移し、ドロップ缶に入れ、途中蓋を開け放しにし、取り出して吹き吹きしたりしてやっと佐伯家に持ち帰った家宝である。佐伯家の守護神、御仏《みほとけ》の灯明である。

埋れ火は、この安全祈願・無病息災の火の神様の火がカンテラの灯に分けられて、山を登って来たものであった。家宝の火は、引っ越した地御前の本家、炭団《たどん》の佐伯屋の大きな火鉢に受け継がれ、今も宮島弥山の火同様、小さな火鉢になったとはいえ燃え続けている。

山本達雄さんが八女市星野村に叔父さんの遺骨代わりに爆心地から懐炉に入れて持ち帰り、自宅に保存していた「恨みの火」は、同市の茶の文化館に隣接する平和の塔（同市から桐生市の宝徳寺にも分火）や平和記念公園の廣島の火や福岡県の新宮町の千年屋の最澄さんの火もそうだが、絶やさぬようにするのは火事のこともあって、気苦労を伴う大変なことである。

さて、父焔徳は、栗山村の分教場の旧尋常小学校を4年満期、同級生30人余りより1年遅れの11歳で、明治41年（1908年）3月に卒業した後、小作の仕事もあり、一人ぼっちになる母親の反対もあったが、自ら進んで奥山の祖父太一の仮小屋に、馬の背に揺られながら上っていった。

父（太一）が働いて居る山小屋に時々製品を運ぶ為、里から駄馬を牽《ひきい》ひて行く馬方があった。母（キヌ）は私（焔徳）を其の馬子に託し馬の鞍にくゝりつけて長い山坂を越えて行くのである。

葛の皮を剥いで口綱として、長く伸ばして曳いて行く馬子の眠さふな唄と春の陽気さ、それに初めて乗った馬の背の心地よさに無心な子供の私は遂、うとうとと眠りを催して馬鞍と諸共落ちかゝり馬方に怒られたのを覚えて居る。

私が山小屋に着くと皆の者は共に驚いたが、父は一層嬉しそうであり、邪魔者が来たと云って苦笑した。（『消えずの火』P9～10）

こうして、11歳の少年焔徳は、3人（兄姉）とともに、その年の秋まで半年続く山小屋生活を始めた。「朴《ほお》、犬朴、山桜たら等の特種材を抜き買いしてこれを以って宮島名産飯杓子を造り出す仕事」の手伝いであった。この生活は、学業のために半年中断した後、再び半年営まれた。

少年は、夜中に目を覚ましたときも、囲炉裏で明かる炭火に心温められた。

深山の夜は實に寂しい。物音ひとつない、まっくらな密林の枝葉の隙間《すきま》から星様が光って見える丈けであった。だんだん夜が深くなると、重い病人が呻《うめ》く様な声で鳴く鳥があり、山猿の群れが騒ぐことがあって、そんな時には、私は小用のしたいのにも耐えて父の身体に副いよって寝たこともあった。(『消えずの火』P12)

熊が棲む十方山麓、昼なお暗く、全山霊気に満ちていた。山に神生きるが獣も生きる。そのため、雌犬の七《ナナ》も俄作《にわかづく》りの山小屋に居た。

入山して幾日か経った或る日のこと、気丈な兄が色蒼ざめて倉皇《そうこう》と小屋に駆け込んで其れ以来、一二日熱を出して寝込んでしまった。事情を聞くと、山中で子牛程ある熊に出会い、熊もまた驚いたと見え、甘く、容易《たやす》く逃げ去らぬので喰われるのかと思われて色を失ったのだと謂うのである。(『消えずの火』P41)

山小屋で、煮炊き、明かり、暖に使われた火、先ほど述べた熾《お》きを守ったのは、栗山の里の留守居の母に代わって、炊事洗濯をした伯母(父の姉)浅葱《あさぎ》であった。山の掘っ立て小屋には太い針金を屋根の細い梁からぶら下げた鉤《かぎ》の下に熾《お》き火があった。

楽しみの夕餉《ゆうげ》の後、囲炉裏の周りで、夕食後、出先家族の父焔徳は繰り返し家伝の『百人一首』のカルタ遊びをした。焔徳は、太一の詠み上げる和歌の五七調と和歌の状況的解説も好きだったが、賭博のような坊主めくり・姫めくりも好きだった。神童なのかおませなのか、焔徳は、キヌの詩情的な解釈の方が当たっていると思った。父が、よく晩秋、木枯らし吹く山で、寂寥感とともに思い出した句がある。

「山里は、冬ぞ寂しさまさりける、人めも草もかれぬと思へば」

「吹くからに、秋の草木のしおるれば、むべ山風をあらしといふらむ」

河内神社の下の栗山尋常小学校の臨時代用教員をしたこともあるキヌは、古文も好きで、嫁ぐときに実家の母から譲られた清少納言の『枕草子』や吉田兼好の『徒然草』や芭蕉の『奥の細道』、それに当時蓮如一辺倒の村でも禁書扱いされた親鸞解説の唯円の『歎異抄』を、漆の蒔絵の硯箱の一番下の引出しに仕舞って、ことあるごとに、少しずつそれらを読み進んで、易しく解説してくれた。父は、尋常小学校の図書館で低学年向けの絵本を見るほうが好きだったが、祖母の難しい話も我慢して聴いた。祖父・伯父も在宅しているときは、謙虚に祖母の解説を聴いた。

後世、父の『消えずの火』に表された文才は、何よりも東京時代の浪曲の台詞書きのための史料の読破とそれを支えた祖母の古文指導、後に個人教授となる中田公太郎先生の漢文指導の賜物であった。

その話を、高学年になったとき、父は、山々の四季の景色を見ては思い出した。夜明けには、「春はあけぼの。やうやう白くなりゆく山際、少し明かりて、紫だちたる雲の細くたなびきたる」とか、中断する学業や山仕事の仕方が心配になったときには、「なにごとも先達はあらまほしき」とか、枯れた茅原では、「夢は枯野を駆け巡る」とか、町から逃げて来て山泥棒をしている男達の話を聞いたときには、よく訳の分からなくて父の生涯の宿題になった文章、「善人往生を遂ぐ、いわんや悪人をや」とか、祖母の話を思い出したのだそうである。

山で、楽しいカルタ遊びを終え、囲炉裏の炎が途絶えた後も、一日の元気を残した童子の父は、暗がりの中、父子で父が復習のために持参し、国語の「さいた、さいた さくらがさいた」、算数の1＋1の1年生から始めて4年生まで続く尋常小学校の教科書を照らしたのは、松根灯台であった。それに火を移したのは、竈の火の種火であった。

父焔徳を旧尋常小学校４年間も５年間になった上に陸《ろく》に行かせてやれず、また高等小学校にも進級させられなかった祖父太一は、わが子を励ますように、信心深く経典と漢学や講談に造詣の深かった曽祖父蔵男に習った通り、こう言ったそうである。

太一「お爺さんの代に、家勢を失うたのは、善六様を見捨てた因果じゃけえのお……。玖島の僧侶、善徳がええかっこをしいの士で、困窮をした百姓を救うよう、善の道を名付け親として善六様に説き教唆扇動したのはええが、いざ善六様が参勤交代中の薩摩の殿様に直訴し捕らえられ廿日市の代官に引き渡されたとなると、善六様の命の嘆願に行かず、その願いで穏便に落着させ、代官所を縁起の悪い血で汚すまいとするその使者が善徳の寺まで来ているのに、自己保身でこの和尚が碁に興じ、知らぬ存ぜずを決め込んだんじゃげな。庄屋から薩摩への詫び状詫び金を集めもせんし、嘆願書も書かず、夏なのにあそこが縮み上がって代官所へ出向きもせんかったんじゃげな。とうとう、善六さあは、とぼとぼと泉水峠、野貝原《のうが》を下り速谷神社前を通って代官所に引き立てられた。それでも、無念の赤穂の内匠頭と親戚じゃった浅野縁《ゆかり》の情け深い代官は、蝉しぐれを聞きながら、嘆願を善徳和尚の命乞いを待ちんさったんじゃがのお……しまいにゃあ、若い善六様は、佐伯の荘一円の庄屋に不幸が訪れるよう念じながら、斬首されんさったんじゃそうじゃ。飛んだ頭の目は怨念に見開いたままじゃったげな。玖島の大庄屋の八田が丁重に弔い墓まで立てたんじゃが、道真公のような怨霊になられたようでのお、荘一円の庄屋に不幸が相次いだんじゃ。おまえにも決して泳ぐではないぞと言うとった所山村の善六渕っちゅうのは、幕末に佐伯屋のわしらの親戚の童子を溺れさせて飲み込んだんじゃ、ほいでその祟りを恐れて付けられた名前なんじゃ。割り庄屋の子孫のわしらあは、酬《むく》いて、早《はよ》うええ佐伯屋を復活せにゃいけんのじゃけえのお……」

このようなおどろおどろしい話も、山の夜中に太一の囲炉裏の火に照らされた顔を見ながら聴くと、真実味があっただろうし、佐伯家が祈祷師、齋部《いんべ》の血を引くとあっては、なおさら直観的にも真のことのように思えたことだろう。この神仏や人の怨霊、生霊を信じる心が、東京時代の父焔徳を無神論的な無政府主義者に走らせなかったのだろう。

少年、焔徳の宗教的原点は、山の生活にあり、勤勉の原点も山の生活における杓文字づくりにある。

私は横挽き鋸を以って素材を短く挽き斬る仕事を一手に引き受けた。それは未熟練者に一番出来易い仕事であった丈けでなく、携えて来た書物を目の前に拡げて、鋸を先方へ押す度毎に読むことが出来る重宝なことがあるからであった。

昔の偉い人が臼を挽きつゝ、書物を読んだ話も聞いたし、金次郎先生が薪を背に道を歩み乍ら勉学せられたことも聞いて居たからである。

連帯保証人になって家屋敷田畑山林を失い苦労続きだった太一の父甚九郎さんの代から家伝になっとる格言にこういうのがある。

「艱難爾《かんなんなんじ》を玉にす」

祖父太一は、父焔徳に他の格言も教えた。

「少年老い易く、学成り難し」

「因果応報。親の因果は子に報う。人を憎まば、穴二つ。人を妬《ねた》むな。運命を受けて立て」

「陰徳を積め。恩は施して語らず、受けて忘れず」

「陽気の発する所、金石も亦透る。精神一到、何事か成らざらん」（南宋の大儒者、朱文公）

「人の一生は重き荷を負ふて遠き道を行くが如し、急ぐべからず
不自由は常と思へば不足なし、人の一生は坂に車を押す如し
油断をすれば後に戻る」（家康訓言）（『消えずの火』P31）

祖父製作の先ほど述べた空き缶の小さな燭台には、父が枯れた松の切り株の根を掘り切りとって干し、小片にしたものに、浅葱伯母さんが、囲炉裏の火を移して点けてくれた。その大きな炎も小さな埋れ火から生まれる。陰徳の火。

伯母さんが頬を真っ赤にして口を尖らせ囲炉裏の炎にしようとする埋れ火。

祖父が灰を払って煙管《きせる》煙草を移した埋れ火。

焔徳が兄富士夫とつまみ出して、剣先（するめ烏賊）を炙った埋れ火。

ブナの木に寄生したものであろうか、父の入山半年ばかりが過ぎ、宿木の実が深山ゆえに赤く甘く早熟するころ、村からの馬子が祖父宛の廣金村長の手紙を届けた。文面には、1907年学制変更、1908年施行、義務教育の尋常小学校が今年（1908年）から4年制から6年制に延長されたので、二男を再修学させるように、とあった。

ちょうど、1908年の7月中旬に宮島に杓文字を納品する準備が整っていたので、再び家族全員で、与作の引く木馬《きんま》に、こしらえた杓文字やその原木を積み込み、馬を引いて山を降りた。栗山村の実家でしばらく休み、栗造の父焔徳は、祖父太一や伯父富士夫や祖父の弟、馬子役の与作と一緒に、楽しみの宮島に出向いた。

1908年夏の宮島から戻るや、焔徳は尋常小学校の本校で、3か月遅れの5年生になり、翌1909年の6年生の7月まで1年足らず勉学に励んだ。

1909年の夏、例年通り、原木を宮島の宮島屋に、山で作った製品を小林商店に納品後、父焔徳は、再び6年生の教科書と墨・硯・半紙を持って、山に帰る祖父太一と兄富士夫に同行した。

2．竈《かまど》の火

明治42年（1909年）小学6年生の8月以降、翌1910年3月の卒業まで、時々学業に戻りながら、山に入る焔徳。思春期、育ち盛りの身体にエネルギーを与えた竈の火、囲炉裏の火。身（水・火）土不二。父は、どんなものを竈や囲炉裏の火で煮炊きしてもらっていたのだろうか。

草の根は、早春に竈の灰で灰汁《あく》抜きした筍、穀類は、米・大麦・稗・粟、豆類は、大豆・小豆・えんどう豆、調味料は、昆布・塩・味噌・醤油・炒り子、漬物は、沢庵・白菜・山葵《わさび》、梅干・紫蘇、山窩《さんか》からいただいたジビエは、猿・鹿・熊・兎・狸の肉、父が採集した昆虫は、蜂のこ・蝗《いなご》、爬虫類は、蝮・半裂き（山椒魚）、魚類は、山女・岩魚・はや・赤い「ぎぎ」やまだら模様の「ゴチ」・鮎等の鯊《はぜ》、野菜は、父と伯母が山中に播いたり移植したりした自然農法の大根・人参、山菜は、蕗、・山葵《わさび》・ギシギシ、果実は、干し柿・山栗・どんぐり・萱の実・あけび・むべ・山苺・酸っぱい櫨《はぜ》の実・宿木の実・山梨・山葡萄・山桜の実・上に蒼い実をくっ付けたレーズンのような高野槙の実等、木の葉や樹脂は、酸っぱい「きず」・松の葉・山桜の葉と樹脂・かたらの葉（サルトリイバラ）、茸は、松茸・子供には苦過ぎる「黒こう」・しめじ・椎茸・平茸、薬草は、千振《せんぶり》・猿の腰掛・蓬・蕺《どくだみ》・鼠もち・はこべ・雪ノ下・藪肉桂《やぶにっけい》。

これらの内、父、焔徳が忘れ難かった食べ物が、谷川で差し込む陽に踊る清水の飛沫《しぶき》を浴びて揺れて光る山葵と囲炉裏の樫の炭火で焼いた強烈な癖のある匂いの猿の肉である。

村の本校の項尋常小学校6年生になり、宮島に納品して戻った父に連れられて再び冬の山仕事を手伝ったときのことである。焔徳自筆の随筆集にはこう記されている。

深山の雪、話には聴いたが、見るのは始めてであった。雪魂《せっこん》と謂って物凄い音がしたり、大きな枝が折れて大地をゆるがした。

樹林の中に兎や狸の足跡が無数に踏みつけられて居た。正午頃になって熊の足跡を見付けたと謂って、此の近所の小屋に住む杣人《そまびと》が三四人連れ立って跡を遂《お》って来た。

猿の肉が嫌でなかったら取りにござれと勧めて出て行った。其の日の夕方、私は生れて始めて猿の肉を喰った。昼間、兄と一緒に小屋に貰いに行った際、縄でくゝって軒に吊るしてある猿の首がとても人間に良く似て居り、白い歯を喰いしばってゐたのを、私はよく見て居ったから気持が悪く、口に持って行くと異様な臭気が鼻を突いて、とても喰う気になれなかった（無理やり口に入れた）が、父は、兄は、平気で頂いて居た。（『消えずの火』P20～21）

父焔徳が猿の肉を熊除けの犬、七《なな》（佐伯太一家の7番目の子）にもやり、自分も無理やり口に入れた理由は、米櫃《びつ》が底を尽きそうになったからである。
父は、翌1910年1月8日、満13歳になった。その2月の積雪は多かった。

此の大雪で小荷駄の往き来が幾日も止まった為、小屋では米と醤油が乏しくなった。雪は未だ続くからと言って、父は米の倹約をせねばと、塩を入れた粥を毎日喰べることにした。

然し余り長く馬が来ぬ為、遂に米が無くなって、兄と三人連れで荒雪を漕ぎ、尾を超え谷を渡って、隣の小屋迄借りに出掛けた。父が言い憎そうに無心を言うのを子供心にも恥かし（く）小さくなって二人は聴いて居た。

然し相手の親爺さんは至って気立てがよく
「わしの小屋にも米は乏しいが斯う謂う時にはある丈けみんなが分けやうて喰えばえゝ、あんたのところの人数なら五升あったら二三日ずれるぢゃろう。それでまだ馬が来ぬようなら山の者一同が里に帰ろう」

と父と共にいろいろ話して居た。私は其の話を聞いて心細くなって泣き出しそうにあったが、其の小屋の中には頑丈げなおぢさん等が沢山居って、平気な顔をして

居るのを見て、だんだん気が強くなった。（『消えずの火』Ｐ23）

惨めであった。しかし、山の人の人情、「共」の精神にいたく感動した。これが、浪曲の心に通じていく。

父は、借りて来たお米を姉と炊き、竈の火を見ながら、胸に初恋の火を燃やした。衣食住足りて、地御前の名も知らぬ少女を、出世したら迎えに行きたいという一途の炎である。

この厳冬には、悲しい火も燃えた。「南無大師遍照《へんじょう》金剛」。栗造たち子孫も忘れず、語り継ぐべき前年末の豪雪と勤勉さゆえの3人の「ホイトウ（陪堂《ほいどう》＝山窩）」と愛犬の犠牲。父と兄と祖父、親子のために雪山の木馬路《きんまみち》を七と一緒に探しに山を下りたまま不帰の客となった生粋縄文人の末裔の山窩を、幾昼夜に亘って、河内神社の神様の護符、山の神様の護符の前で燃え、お題目の唱和を聴きながら、待ち続けた篝火《かがりび》、その種火になった埋れ火。

父がこのような山小屋生活を始める直前に、祖父も手配して捜し、地元の警察や消防団などにも捜索願いを出していたが、雪が解けた翌年春、新しく雇った杣が三人と七の白骨化した遺骸を、小屋から遠くの冬場は湯気の出る谷間、その地下水（霊水）の湧き出る、水神様《すいじん》の近くで見付けた。祖父は、警察の立会いの下、その発見現場で荼毘に付した。そして、津和野の近くの木挽きの工場に3人の遺族を探して尋ね、お骨とご霊前とを手渡したそうである。七の小さな墓石は佐伯家のそれらの脇に立てられた。

その後、6年生の1909年夏から1910年3月までの通常半年の期間も、父は山仕事の合間にだけ、山の手の新尋常小に行けた。学業生活は、2か月置きに1か月間、短縮して合計2か月半くらいにしかならなかったが、新学制ゆえに特例として許され、翌1910年3月には、皆より1年後の13歳で何とか6年制の新尋常小学校の卒業証書を手にする。

3．蛍雪《けいせつ》の灯火

父は、栗山村の中田公太郎翁に親炙《しんしゃ》し、ランプの灯の下、乃木さんの漢詩に魅了されつつ漢学・漢詩を学び、孟子に私淑《ししゅく》し、古文を父の母から蝋燭の下で学び、東京で浪曲台詞を電灯の下で書いて文才を磨き、昇格試験勉強を火鉢に当たりながら勤《いそ》しみ、こうして蛍雪の光の功を積んで、6年制の新尋常小卒では異例の警察署長、地方警視に昇格した。

　現実妥協的な判断力を持って、出世したとはいえ、可能な限り筋を通した。大東亜戦中、治安維持法下にあっても、最底辺の山窩との協業や社会的弱者の彼らと愛犬七の犠牲を招いた佐伯家の痛恨を持ち続けていたこと、かつ数人の白樺派や徳富蘇峰などにも寛容であった乃木精神を中田先生から学んだこと、さらに口外はしなかったが、浪曲修行中に東京下町浅草の銭湯で出会った弱者救済の無政府主義者に対する理解や芝居好きなこともあって、廣島縣警ではゲンが一方的に語っているのとは逆に、監獄勤務などの部下に、やりすぎの治安維持法で投獄された劇団員などに対して、人情を以て大目に接するように諭したそうである。

　さて、時は戦時中からかなり遡るが、焔徳は明治43年（1910年）3月、13歳、新制尋常小学校6年をかろうじて卒業させてもらったものの、短い通学期間故《ゆえ》の学力不足を案じるとともに、恋故に向上心が芽生えた。山桜の咲く頃、分教場の夜学に出向いたところ、青年会のレヴェルに合わせた授業に追い付いていけなかった。そのことを、夜学の伊藤先生に訴えたところ、日露戦争で鉛弾が3発未だ身体に残っていて、その後遺症で、休息をとっている前四和《しわ》村長、中田公太郎先生から個人授業を受けてはどうかと勧められた。

伊藤「私からも、中田先生にすぐ頼んどくけぇのう」
焔徳「誠に、ありがとうございます」
伊藤「先生は漢学も数学も達者で日露戦争の武勲者である。君が師と仰いで勉強するには此の上ない人じゃ」（『消えずの火』P27）

焔徳は、早速乃木将軍と面識のある中田先生の病床を訪れ、教えを乞い、それからは春夏の野良仕事の後、毎晩、通った。ここにも竈と灯油ランプと仏壇に火があった。授業料は、女手のない先生に代わって、家から持参した卵や野菜の煮炊きと洗濯の奉仕であった。

父は、書写・朗読しながら、二百三高地から生還した先生から修身、漢詩と孟子・老子・孔子、とりわけ儒教中心の漢学、幾何学中心の数学、バイブル中心の英語を多岐に亘って海綿に水が沁みこむように学んだ。

焔徳の忘れえぬ回想は、師と2人で男泣きしたときのことである。修身（道徳）の授業で、師は新品の蓄音機を回しながら、松本での先祖佐々木の墓参りをした際の遺族の御婆さんの出てくる乃木ものの浪曲のレコードを聴かせた。その後、同じ信州の戦没講演会で、ただ一言「われ、諸君の子弟を殺したり」と発声するだけで、演壇に上がらなかった乃木将軍のエピソードを話された、その一言を聴いたときのことであった。声の震えとランプに光る涙に自分も貰い泣きし、嗚咽《おえつ》が慟哭に変わった。また、公の忠義と私、泣き虫だった私人無《なき》（泣き）人《と》から源三《げんぞう》（義士赤垣源蔵から）へ、公人希典への成長、公的戦争・赤子の命と私的な2人の息子（勝典と保典）・実弟（正誼《まさよし》）の命との葛藤、公私同一の義士的な責任の果たし方など話された。

この回想が、警察官になってからの父の熱鉄の涙、公と私についての凄まじい葛藤に発展し、やがて仰いで天に通ず現実妥協的至誠の境地に繋がっていったのであろう。

栗造は２０１８年夏、乃木愚将説を悔しく思った。

「司馬遼太郎は乃木さんが誤った命令（既に戦闘不能になっていた湾内の常駐露艦船を健在と誤った上での百三高地早期撃滅命令）・誤報（3か月早くバルチック艦隊が来るという誤報）、周辺の独逸軍の動きから止むを得ず吶喊《とっかん》した無念を知らない」

この正論は、栗造が、そもそも、中田公太郎が乃木さんの伝令だったのだから、その孫の中田満二郎《まんじろう》から耳にすべきであったし、父焔徳の『消えずの火』に記されていても良い内容である。しかし、伝令の守秘義務から公太郎は、口外しなかったのかもしれない。栗造は、その正論を佐伯増蔵の通夜で、増蔵の四女知花子《ちかこ》から聴いたのである。奇しくも乃木静子の姉おテイが同じ薩摩出身の軍人柴祐介と結婚、その長兄柴直言《なおこと》が廣島に赴任し、四男柴義彦（横川―可部間で日本初乗合バス開業）を設け、義彦の長男安芸彦が佐伯増蔵の四女知花子と結婚したのである。希典?↓静子↓テイ↓祐介↓直言↓義彦↓安芸彦↓知花子の順にその情報は流れたのかもしれない。廣島と薩摩が結んだ乃木家、湯地家、柴家と佐伯家、中田家、石丸家のご縁である。

さて、乃木将軍の伝令を務めた中田先生は、よく親しみを込めて、将軍を乃木さんと呼び、懇々と、明治40年（1906年）に学習院長になった乃木さんの「道義の光」、「中道」精神、武士道を焔徳に説いた。

学習院長乃木さんは、こう考えている。ここで中道とは、国際化対応における世界と日本との中道、どちらかの立場への「極端に走らない中正の立場……二つの極端……対立した世界観を超越した正しい宗教的立場」のことである。中田先生は、乃木さんの「世界精神と国家精神（の）両立」の趣旨を父に話したそうである。

栗造がまた思うに、おそらく、次の言葉を、先生は焔徳の前で繰り返されたのであろう。

「両立する……世界精神を発揚せんとするには、まずは正しき国家精神を擁護熱愛せねばならない。各自の国家を完全な道義国として生長せしめることによって、始めて全人類も一大飛躍を生ずるのだ。日本国家を完全な道義国として生長せしめるためには……君臣一如の大精神を探求し、各個の品格を高め、破邪顕正……の大はい（大きな旗）を世界に擁立する大勇猛心を要する……日本に差し昇る道義の光輝をもって世界の闇を照らさしむというは最高最大の愛国心である。」（岡田幹彦『乃木希典：高貴なる明治』展転社、2001年、P231）

乃木さんに関連して、同じく蓄音機を回しながら聴かせられた本邦新発売の浪花亭愛造（もて過ぎて梅毒で没）などの浪曲レコードから義士の忠義を、これまたランプの光に照らされて名調子で目を瞑《つむ》って話す翁の顔が印象に残っている、と記されている。

先生は、公私については、公を優先した義士、西行、釈迦の出家についても触れた。後に、それが先生ならではの異説だと上京中に知った時から驚嘆とともに忘れえぬ反復記憶となったが、安芸門徒でありながら、イエスを愛＝アガペー＝公の愛＝道義のために十字架を背負った武士だという解説であった。

先生は自分や父の家は、旧津和野街道沿いにあり、明治の初めに長崎の浦上から廿日市港に上がった乙女や少年を含む男女のバテレンが荒縄で引き立てられて吉本家のある観音原から谷川沿いに横山を越えていった、と話されたが、私的な小さな心の悲しみと大きな公に触れ、最後にここでもボソッとこう言われた。

公太郎「江戸時代、バテレンの裏方、バチカンに大和の国を乗っ取られてものう……」

焔徳「耶蘇様は、いい方なのに、バチカンがいけんのですか？」

公太郎「肝心なところをよう押さえるのう、ほうなんじゃいの。津和野藩も、やりとうない仕事じゃったらしい。改宗してさえくれればえかったんじゃがのう……必要以上の執拗な虐め差別やら抑圧やらはいけんのう。悪さをするのが癖になっとる悪癖の性悪は、言語道断、自業自得、あーの向け（仰向け）の唾じゃ。何とかせにゃあいけんし、『馬鹿は死ななきゃあ治らねえ』っちゅうが、人を見極めにゃあ、妙見じゃ、判断力じゃ、文殊の智慧じゃ……いずれにしても、虚心坦懐。人間を人間とも思わん拷問はいけんけえのう……」

先生は、こう言いながら、父に早くも左手で書棚の上の方にある島崎藤村の『若菜集』と『破戒』を指差して、抜き出させ、『破戒』の粗筋を語った、そして続けた。

公太郎「もう聞いとることじゃろうが、佐伯も縄文『土人』の鬼を塞ぐの塞鬼《さいき》が語源で、野の佐伯、この栗山盆地、佐伯の荘には、平安時代に、茨城から京を経た阿弖《アテ》流為《ルイ》ゆかりの縄文人が痛めつけられ幽閉されたちゅうんじゃ。わしらの先祖は生粋縄文人じゃろう。大概皆、目が奥目で茶色じゃ。陸軍で大分の海の佐伯から入隊しておった友達もそうじゃった」

焔徳「家伝にはそうありますが、半信半疑でした。ほんまの話なんですか。やっぱり、東北に残った縄文人と先祖が同《おんな》じなんですのう……狩猟阿弖流為の子孫じゃ……」

公太郎「この辺じゃあ、昔は山の神は熊さんじゃった」

焔徳「家に鉄砲があって、母方の砂田の曽祖父《ひいじい》さんが母熊を撃ったっちゅうんですが、チフスになって家族が死ぬやらしたちゅうんです。祟りっじゃちゅうことですけえ……母無し児になった2匹の小熊は、しばらく砂田の鶏小屋で山羊の乳で大切に育てて、元の羅漢山の方に、逃がしてやったそうです。砂田家も佐伯家も、津和野街道沿いの山の神や河内神社に先祖が寄進したちゅう銘があります」

公太郎「その話は、ようわしも知っとる。佐伯家は、寝返ったたっちゅう解釈もできるが、生き残り縄文人の中から選ばれた首領じゃ。唐から『消えずの火』を持ち帰れたというお大師さまも、日露戦争前に乃木さんの部隊も一時《いっとき》おった善通寺で生まれ、幼名は佐伯真魚《まお》じゃったけえ、わしらと縁があるんでよ。ここが平安時代から佐伯の荘で宮島に年貢を納めとるし……」

焔徳「津和野街道には、お大師さまの足跡はないですか？」

公太郎「お大師さまの観音堂はあることはあるんじゃが、来んさったことはなぁんじゃなぁかのう……」

焔徳「ほうですか……史跡ちゅうたら、栗山の別府《べふ》の八幡迫《はちまんざこ》に縄文土器やら、隣の浅原の横山の黒曜石で作った鏃《やじり》が出るだけで、古墳も櫨の丘に一つあるだけじゃけえ。どっか見付からんかのう、と思うとります」

公太郎「岩倉に落ちそうで落ちん岩があって、何やら謂れがあるそうじゃ。古いのはお宮や室町時代の頃の浄土真宗本願寺派の教覚寺の茅葺の鐘突き堂の山門ぐらいのもんかのう……ほうじゃ……柿本人麻呂が、石見の益田から所山じゃろうか、この辺を通って玖島から廿日市港へ向けて明石に下ったそうじゃ。明石で、宮島＝大和島を詠んだ歌がある。

『天離《あまさか》る、鄙《ひな》の長路ゆ、恋ひくれば、明石の門より、大和島《やまとじま》見ゆ』」

異様に教育熱心でランプの灯にギラギラ目を光らせる先生は、さらに、少年の焔徳に掘り炬燵の向うの書棚から『舞姫』を引っ張り出して来るように指図され、その著者、森鷗外が陸軍医に出世し、ドイツ留学先で会うなど、大層、漢詩人乃木さんと親しかったこと、西周《あまね》もそうだが、この森林太郎少年も志高くバテレンの逆コースでこの旧津和野街道を下りて行ったことなど一部、すでに焔徳も知っていた話をされた。また、栗山村から、戊辰戦争にも出兵した数名の名前を挙げられ、これら若き兵士が高杉晋作が村の別府集落の西福寺に投宿した際に奇兵隊員になったこと、長州征伐の芸州口の戦いが沼田の六万坊であり、野壺に首が落ちとった話や、開墾畑に長州の銃口が並んだことなど話された。ついでに、その折、沖の玖波村で、官軍と幕府軍の若い侍同士の一騎打ちがあり、戦死した兵が「残念」と叫んだので、遺骸を埋めた「残念さん」が残っていることなども話された。

最後にこう言われた。

公太郎「わしも、不撓不屈、深謀遠慮、熟慮断行、隠忍自重《いんにんじちょう》、艱難辛苦と判断力、臨機応変等々が足りんから、こうなっとるが、津和野街道を通った偉人のようになろうと思い努力だけは怠らんようにした。通過する人ばかりじゃあのうて、そろそろ村からもええのが出てこんといけんのう……偉《えろ》うなることも不純じゃが、人の上に立つような立派な人は要るんじゃけえ……」

――博学多識な先生は、こう言って、何やら期待の眼差しをもって、父の目をじっと見られたそうである――

焔徳「艱難辛苦、玉にする。わたくしもやってみます」

この時のことを記した『消えずの火』に載った四字熟語や乃木さんの話は、父の実体験で奥行きの深い言葉となった。

後に、父はシンガーソングライター風に、大正デモクラシーに接ぎ木（スプライシング）して、乃木精神を発展させ作詞した浪曲を、自ら三味線を弾いて、式典参列の廣島縣警の警察官、旅先・郷里・山仕事の村人、宴会の親戚の前で唸《うな》っていたそうだが、中田先生から聞いた将軍像が不易なるものとして、色濃く反映された浪花節であったろう。父はまた、乃木さん同様、赤穂義士が好きで、義士伝を浪曲で唸ったのも、師の内包量の豊かな半年の影響であろう。父の浪曲は、きっと三波春夫の『元禄名槍譜、俵星玄蕃♪』に近いものであったろう。

この半年の間、春の花が散る頃、前年の春、買い戻した農地の上に、祖父太一は今まで杓文字で稼いだお金で、家を建て始めた。初夏の鮎が木野川を遡上する頃、この新築家に小屋のような家から父の家族は移った。

1910年9月、鮎が落ち、秋の柿の実がそろそろ色づく頃、13歳の父に安芸宮島の杓文字工房宮島屋から、近くの小林商店（後に小林物産店）の店員になって欲しいという報せが祖父の下に届いた。

第3節　火打石の火花

佐伯家では、人生の一つの画期には、掘っ立て小屋の家の前の木野川、その河原で探して拾った大きな石英の2つの白い石、魔除けの火打石の火花が散る。生活環境を変える近くへの離郷、遠くへの離郷のときに散る。

父焔徳は、1910年13歳の秋にして、母が新築の玄関で打つ石英の火打石の火花に見送られて、栗山村を出で宮島《い》に行き、16歳にして、小林商店のお上の打つ火打石の火花に見送られて上京し、21歳にして、浅草の木馬亭の世話人のそれの火花に見送られ、祖父に連れられて無念の都落ちをした。

1．初恋、再会の火

明治43年（1910年）10月11日、地御前の親戚叔母中野花《はな》から夫死す、通夜12日との訃報が栗山村に届いた。そこで、佐伯親子は、宮島屋と小林商店行きの10月15日の出発を3日早めることになった。

父焔徳は、まず最初に短期的には、故中野時太郎の通夜に参列するために、次に長期的には、小林商店で丁稚奉公するために、わずか13歳で厳島神社の菊花祭前の10月12日に、栗造の祖父伯父伯母の作った杓文字とその原木とを、馬子与作の大八車に積んで、未明に栗山村を出ることになった。

こうして、父焔徳は、その母キヌが放った早朝の火花に見送られ栗山村を後にした。

この火は、かつて弥山で「消えずの火」を移してまたドロップ缶に回収した消し炭の火を絶やさず継いだ火である。祖母は、火打石を仕舞いながら、仕事や生活の行動に油断は禁物、怪我や事故にくれぐれも気をつけるようにと言った。耳に蛸ができるくらい言って聞かせてくれた兼好和尚の「過ちは易きところにて、ありぬ」という忠告も、別れ際ゆえに新鮮で、祖母の深い愛情が籠る金言に思えた。父は、人生訓について、古文は祖母に、漢文は個人教師中田公太郎に習った。

焔徳は、改めて、門出の前の11日夜、祖父太一が、焔徳にランプの火の下で、曽祖父蔵男のように、人物を見ないお人好しではいけない、狡い人か真面目な人か見る目、人を見る直観力を養うようにと教えたこと、祖父が二つの矛盾する格言「渡る世間に鬼はなし」と「人を見たら泥棒と思え」という七五調、六五三調の屋治郎兵衛を平衡に保つように諭し、「いついき笑顔で好かれる人になりんさいよ……ほいじゃが狡い人を見抜かにゃあ、人のええ蔵男爺ちゃんのようになるんじゃけえのお。難易《いたしい》ことなんじゃが……」と締めくくったのを思い出した。

また併せて、夕餉《ゆうげ》どきに、祖母キヌが、焔徳の徳の人徳を磨くように言い、「情けは他人《ひと》の為ならず」と教えながら、自業自得を「あーの向け（仰向け）の唾を吐かんようにのう」「禍福に門なし、ただ人の招くところ」と諭《さと》したのも思い出した。

さらに、キヌは、太一の言いたいこと、また明日の宮島への道中でも語るであろう、善六様の祟りに触れ、ついでに道真公の祟りにも触れて、生霊、恨みの種を播かぬように、と教え、いつも心で神仏に祈り至誠を尽くすように、真心を忘れぬようにと念を押し、こう諳《そら》んじた。

「心だに誠の道にかなひなばいのらずとても神やまもらむ」（菅原道真）

工場長を長年務めた栗造が思うに、祖母キヌ祖父太一は、子育てで、佐伯屋復活を焦る余りに英才教育的になったきらいもあるが、今で言うコーチング、「ケンゲンインコセイ」――良い叱り方（建・限・印・個・成――叱る〈建設的に・限定的に・印象的に・個人を他人と比較せずに・成長のために――叱る〉（本間正人））のうまい教育者だったと思う。

また、「十牛図」（ジンケンケントク・ボッキボウニン・ヘンニュウ：尋／見／見／得／牧／騎／忘／人／返／入〈尋牛↓見跡↓見牛↓得牛↓牧牛↓騎牛帰家↓忘牛存人↓人牛倶忘↓返本還源↓入鄽《てん》垂手〉10世紀の中国禅の教え）の話も、父へのいいコーチングになったと思う。

「人牛俱忘」について、「知足」する唯の「吾」も、天上天下の唯の「我」も、灯明に照らされる「自」も、一旦はこの第8図の人牛俱忘の無の「人」となる。「則天去私」、エゴの誇りを捨てて。「ポッカリ穴」（稲福薫）の口となる。

時は行ったり来たり少しばかり前後するが、10月11日の夕方、その準備をしながら、焔徳は、父太一と宮島からの帰路に、地御前の叔母花に挨拶に寄ろうとしていた時に、従妹朝代と地御前神社の境内で遊んでいた初対面の新尋常小学校2年生、挨拶の爽やかな2人の女子のことなどを思い出していた。その内の一人が焔徳の初恋の人であった。また、丁稚奉公に、父焔徳は躊躇し、進級を諦めきれない思いも再燃させていた。

父の母キヌも兄富士夫《ふじお》も、当初は小林商店行きに反対だった。栗山村の教覚寺で読み書きを教わり、御文章（蓮如の書簡）を読み続けていて、教育熱心なキヌは、夫太一に、二男焔徳を家に置いて、放課後農作業など手伝わせつつ、本人の熱望通り、引き続き中田先生の指導を受けさせながら学業を継続させるために、漢学精輝舎へ入学させ、また上の学校にも進ませ、将来、村の教員にさせたい、と思い、本人焔徳とともにそう懇願し、富士夫もそれに始終頷いて賛同したそうである。

しかし、近視眼的な父太一は、母キヌと子の焔徳にこう返した。

太一「漢学を習うこと丈けは、僅か一年か半年かのことであるが、その暁には中学へ編入するとか、或いは教員になるとか、必ず付随のことが起こって来るが、私の家は最近普請《ふしん》をしたばかりで、荷に余る金を遣《つか》った後であり、一家が……今少し働かねばならぬ。言はゞ、貧乏の二字に他ならぬ」（『消えずの火』P37）

父は、やりきれぬ思いで、師を訪ねた。

公太郎「君のところも、あゝして立派な家が出来たから、今度は前の田を買ったり、後の山を買い戻したりして、昔の佐伯屋《さいきや》にせねば祖先に済まぬと言う親御（太一）の気持ぢゃろう。

君は、しっかり働いてうんと御家の為になりなさい。それが、孝行でもあり忠節ともなる……人間到る処青山あり」（『消えずの火』P37〜38）

焔徳は、沖（町）に向かう進路に不安を持ってはいたが、男児、何処にでも骨を埋める「青山」あり、その大石力のような覚悟を持とう、と自分を鼓舞した。

焔徳の叔母花の亡き夫中野時太郎は、生前小林千古から教示された本職の絵描きでは食べていけなくて、牡蠣養殖を手がけていた。が、奇しくも、中田先生同様、日露戦争で武勲を上げたが傷病兵となってしまい、その後遺症で小舟に乗れなくなった。そこで、数年間、万古《ばんこ》絵画教室（命名は当初の指導者小林万古〈後に千古と改名〉画伯に由来、その画伯名は所山を流れ落ちる万古渓《ばんこけい》にちなんで）の後を継いだり、故人の肖像画を描いたり、地御前港の本人時太郎の長兄中野栄一の工場、つまり冬は酢牡蠣、秋は蜜柑の缶詰、春は剥き浅蜊《あさり》、夏は氷を扱う工場兼倉庫で手伝いをして食いつないでいた。

数日遡るが、1910年10月8日のことであった。中野時太郎は菊花祭献上の花を積んだ舟の出港を見届けた後で体内に残った銃弾の鉛中毒で具合が悪くなり、本人の妻花と地御前小学生の娘（父の従妹）朝代に肩を抱えられて、自宅に戻って、その数日後、容態を急変させ、不帰の客となった。通夜は12日、葬儀は13日。

その年の菊花祭の直前、13歳の父焔徳は、中野家の13日のお葬式で、尋常小学校4年生の朝代と優しく寄り添いともに泪する同年齢で地御前の朝代の友人の女子2人と再会した。

焰徳は、太一の参列する自分の叔母花の夫中野時太郎の通夜に、胸を膨らませドキドキさせ、中田先生からお借りした藤村の『若菜集』の「初恋」、「まだあげ初めし前髪の……」を諳んじながら、連れられて行った。

その内の1人が後の栗造の母である。朝代は、後に中野家の親戚を頼って移民団に随行してハワイに行き、スピリチュアルな絵画教室を営み、現地人と結婚し日本とハワイを架橋する日本人会の事務を務め、沢山の子に恵まれたが、収容所で終戦を迎えた。

その後、船津慧子と石井笛子は、2人とも廣島高等女学校（現広島皆実高校）に入り、卒業後、上京し女子英学塾（現津田塾）にも一緒に通った。その内の1人慧子と焰徳は、後に結婚する。2年間の幼子《おさなご》の超早熟の片思い、3歳違いの一目ぼれの初恋の人が、目前にいる。3人は、広い土間での受付を手伝っていた。紺のブラウス、おかっぱ河童の髪、可愛い笑み、愛らしい仕草、みんな、あのときよりももっと可愛くなっている。父は、はにかんだ。焰徳少年は、朝代が、幼くも嫉妬しているのに気付いた。だから、太一と一緒にすぐに受付を離れ、仏壇の前に坐った。

真言宗の読経の後、喪主花の挨拶があり、あどけない朝代と友人が、席に齋食の膳を危なげに運んで来た。父を亡くし泣き濡れ疲れてはいたが、朝代は、凜として太一の前に膳を運んだ際、一言二言挨拶し、友人2人を紹介した。

朝代「皆さん、来てもろうて、ありがとうございます。うちらは、みんな地御前尋常小学校4年生です。船津慧子ちゃんと石井笛子ちゃんです。慧子ちゃんのお父ちゃんは、一中の先生をされとって、笛子ちゃんのお父さんは船の仕事をしんさっとります」

太一「朝代ちゃんもお父さんが亡くなったけど、偉いのう……これからは、お母さんと一緒に頑張りんさいよ。皆さん、わしは、朝代のお母さん（花）の兄の佐伯太一っちゅいます。百姓仕事と山行きをしとるんじゃ。これが、栗山村のわしの弟で運送業の佐伯与作、それにわしの手小《てご》を続ける長男の佐伯富士夫、こいつが、二男の焔徳じゃ。これは、今度、宮島の鹿がたむろしているので有名な通りの角の小林商店に15日頃、丁稚奉公に行くんじゃけえ。土産物と一緒に、わしの銘木杓文字も扱こうとる店じゃ」

――父は、顔を宮島の紅葉よりももっと真っ赤にして慧子さんを見たことだろう。

慧子「2年前は、地御前神社のところで、挨拶もせず、失礼しました。朝代さんのお父さんの時太郎先生には、絵を教えてもらい、ときどき牡蠣もいただき、親切にしてもらいました。」

（多感な父焔徳は、小2だった幼い慧子が覚えていてくれたのが嬉しく、意外な脈を感じ、上気していたに違いない）

朝代「お父さんは、この部屋に寝ていて、退屈じゃったから、慧子ちゃんと笛子ちゃんたちが遊びに来ると満面に笑顔を見せて、楽しみにしとりんさったんです」

太一「それは、ええことをしてくれんさったのう」

笛子「中野の小父さん、いえ先生は、上半身起き上がって、天邪鬼の話しや近くの小林千古画伯のことや平家物語も教えてくれんさりました。厳島の合戦で毛利の水軍が嵐の中、地御前港から包ケ浦に向かった話なんかをしてくれんさりました」

太一「尋常小学校4年生、10歳になるんかいのう……」

慧子・笛子「はい、朝代ちゃんと同じクラスです。」

太一「義弟《おとうと》は、日露戦争の話は……」

朝代と慧子と笛子（異口同音に）「されんかったです」

太一「仏壇の横に金鵄勲章《きんしくんしょう》が飾ってあるけえ。その内、わしの妹朝代のお義母《かあ》さんが話すじゃろう。日本人の誇りじゃ。背筋のシャキッとしたええ人じゃった。ここは、毛利軍も陶軍との厳島決戦の前哨戦の明石の谷合《たにあい》の折敷畑戦の後、通ったらしい宮内串戸のちょっと上の方からの近道もあって、宮島と栗山村との交流の玄関口になっとって、栗山からよう手小《てご》に出るけえ、それでこちらに縁があったんじゃ」

朝代「お母さんから、今度聞いてみます」

太一「二人とも、頑張りんさいよ」

朝代と慧子と笛子「はい。有難うございます」

——このとき、父焔徳は、中田先生の金鵄勲章も自慢したかったが、何も言わずに、慧子さんに見とれていて、それを気付かれないようにするのが精一杯だった、と結婚してから母慧子に打ち明けたそうだ。童子慧子は、焔徳少年の印象を小さくて可愛いけど、敏捷で爽やかで礼儀正しくて心優しい侍の子のような人だと好感度で受け止めていたそうだ。息子が言うのも自画自賛のようで可笑しいが、たしかに写真の母は、端正である——

通夜・葬儀の間、栗山村から下りて来た4人は、囲炉裏のある広い板の間、時太郎画伯が習作や出品予定の作品や油絵の具の匂いがして散らかったこの和風のアトリエに3夜寝泊りした。お寺さんが来て、13日に葬儀をした後の広い居間では、葬儀の後片付けそっちのけで、故人の武勇伝や浮いた話に花が咲いた。小4の朝代は、長い間、その話しを聞いていたが、花と寝る床の間に戻った。居間には時太郎の兄弟姉妹5人が宿泊することになっていたが、アトリエに皆が移った。わずか13歳なので井戸水で薄めて飲む焔徳とアトリエに戻った未亡人になったばかりの花を含めて10人が、囲炉裏の炭火で焼く目刺しとこうこう（沢庵）を肴に、栗山村の大水車で米を搗きラドン水で醸造した銘酒「神泉《かんせん》」、この一升瓶2本を宮島焼の盃で回し飲みした。その内に、瀬戸内海に朝日が昇った。皆、雄鶏の鳴く声を聴きながら、居間に戻った時太郎の2人の姉妹とを除いて、ほろ酔いの7人は、囲炉裏の火の周りの明るんで来た板の間、燃えた杉の葉の煙を通り抜けた光芒が差している早暁の座蒲団の上で、雑魚寝をした。

10月14日の昼過ぎには、栗山4人衆の内、太一と富士夫、与作の3人は、周辺の散歩を兼ねて、将来、中野家に事務所を置いて操業する佐伯屋が、隣の畑を栗山村産の木炭と大八車の倉庫や置き場に出来るよう、その地主の農家を訪問した。焔徳は、朝代と花の3人で、弔問客の過去帳の整理や香典の集計や連絡先の列記やその他の整理整頓など後片付けをした。

2．浪曲師の火

時太郎の葬儀後、栗山村を出て、通夜の日から3夜牡蠣小屋に臨時に置かせてもらった杓文字と焔徳の生活用品の荷は、やっと約束通り10月15日に宮島屋に届けられる。

翌昼、太一も好きな、7月の管弦の祭りと10月の菊祭りに巡業して来る芝居小屋で、「親の因果が子に酬い」の口上の蛇女を差別しているという加害者意識に忸怩たる気の毒な思いで見た後、東京からやって来た浪曲師の乃木ものを見て聞き、焔徳親子は大いに感激した。

小林商店の主は、豪放磊落《らいらく》な人物で、販売促進や小間使いなどのノルマに動く以外に、父が昔とった杵柄で、お客さまの注文を直接請け、杓文字を作って御代を頂く分は、父のポケットマネーにさせてくれた。この経済的条件が、父の胸に浪曲師の火を灯すことになった。

翌1911年1月8日に14歳になった父は、その小銭をもって、廣島に浪曲師が来た時は、休みがとれれば、途中地御前の贈答用に自ら彫った杓文字を持って、叔母花の亡き夫の働いていた工場に行き、花に会い、立ち話しで朝代さんや慧子さんの消息を聞いた後、地御前駅から電車に乗って、廣島市中島区に出かけた。その繁華街で浪花節を聞き、本屋で梅中源雲左衛門『雪の曙義士銘銘伝』や無政府主義的な宮崎滔天《とうてん》『三十三年之夢』や島崎藤村『若菜集』などを求めた。

その年の管弦祭で忙しい店に、花叔母さん、同じ高等科に進んだ慧子・笛子と朝代の3人が揃って父焔徳を訪ねて来てくれた。9か月ぶりの再会。胸は、早鐘《はやがね》のように、高鳴った。店主は、3人を奥の畳を敷いた幅の広いベンチに招きいれ、お茶と紅葉饅頭を出してくれたが、焔徳は他の客の接待に忙しかった。なんと、浪曲師の夫の虐待に耐えかねた曲師、お浜さんとの恋（夫の弟子、旧名、吉川繁吉〈後の雲左衛門〉と不義密通）の逃避行中に九州での弟子、宮崎滔天と玄洋社、末永節の喧伝で九州一になり、東京に凱旋し名声を博している憧れの桃中軒雲右衛門、その弟子の浪曲師、宮若丸が宮島に来ていた。が、芝居小屋には出向けなかった。

店を閉じた後、父は楽屋裏まで駆けつけ、終演後の旅芸人の浪曲師の台本「赤垣源蔵」や「俵星玄蕃」などの唸り方や梅中源雲左衛門先生のことなどを片づけを手伝いながら、聴き、図々しく曲師から三味線を借りて弾いてみたりした。管弦祭が終わった翌日、門司に行く一座を船着場まで見送った。

夜は夜で、狭い奥の便所脇の薄暗い部屋にあって、ランプの下、中田公太郎先生の生涯を台本にしようと、言葉を選んだ。中学に進級し教員になれずとも、浪曲師になれば、武士道を唸り、中田先生のように、人の道を教えることは出来るし、その台本を書くことで、先生に習った漢学なども活かせるし、芸術・文学の夢も叶えられると思った。

同じような年月がさらに1年続き、お金だけは宮島郵便局の貯金通帳に貯まった。16歳になっていた父は、宮若丸の一座の弟子になり、九州経由で上京することになった。

3．寄席《よせ》の火

1913年7月、管弦祭が終わった後、たった3年間の宮島生活に終止符を打ち、お店の小林店長に厚くお礼を言い、宮若丸一座と共に舟に乗った。博多に巡業し東京へ帰る一座である。

焔徳には、一座と同行、上京した後に、16歳から21歳までの5年間の厳しい浪曲師の修行が、木馬亭で始まろうとしていた。東京電灯の電気はとっくの昔から通っていたが、父の仕事の一つは、寄席の席の提灯の火を灯すことだった。

さて、付き人焔徳と宮若丸一座は、弥山の緑をバックに蒼い内海に浮かぶ朱の鳥居を背後へ遠のかせながら進んで来た小舟を重い荷物を背負って降りた後、数分かけて協力しながら土産物屋の通りをゆっくり歩き、山陽鉄道宮島駅（現宮島口駅、後に広電宮島駅と区別するため改名）に着いた。旧宮島駅から下関駅に向かう。

行き帰りで、長府を通過したとき、焔徳は、きっと江戸から都落ちして来た乃木さんを想い、若き日のこの地で、片目ゆえ、文学青年を目指したこともあった乃木さんを偲んだことであろう。

また、車窓から壇之浦を左に眺めながら、親不孝にも父親には内緒で博多からUターンして上京してゆく旅芸人のような自分、言わば「遠い夢すてきれずに故郷をすてた」（谷村新司『サライ（宿・オアシス）♪』）自分を心から詫びていたことだろう。

下関での数日の公演、門司港でも公演、とうとう博多に着いた。博多に着いたら、真っ先に、祖母キヌの話によく出てた道真公に手を合わせようと、大宰府天満宮に出向いた。

――この1913年16歳の夏の二重線と墨で消されているが斜めに光を当てると判読できる「博多には美人が多い……」という記述から、1918年の21歳の初秋までの約5年間の日記や随筆が、『消えずの火』にも、全く残っていない。きっと、楽屋裏か中洲での秘め事があり、上京後も芸のために浮名を流したことなどの秘め事を書いてしまい、それらの原稿を本郷座の火鉢か竈に焼べたのだろう。

この件、栗造の邪推でもあるまい。2人の兄からも、父は廣島一の歓楽街、流川が好きで、警察官時代に接待とか部下を労《ねぎら》うとか言って、よく遊びに行っていたそうである。

亡き母には内緒だが、ホステスには、知人で浪曲先輩の滔天の息子、龍介と柳原白蓮との駆け落ち物語等話したり、師匠の妻、はまさんの話しをしたり、乃木さんの妻、静子さんの姉のおテイさんと結婚した柴、そのお兄さんの実子、義彦と廣島で知り合って耳にした静子さんの素顔や自動車・写真・猟の話しをし、その口上も面白かったので大層もてもてだったそうである。奇しくも、後に父の従弟の娘、知花子は、この柴義彦の長男、安芸宗彦と結婚している。

余談はさておき、兄達が、父のお骨を栗山村の埋め墓から比治山の長聖院の実質上の参り墓たる別墓に分けたのは、廣島縣警の戦没者合同慰霊祭の会場が近いこと、それに初任地段原で水害から街を守るために奮闘した思い出の京橋川が麓に流れるのみならず、何よりも比治山からは歓楽街流川を眼下に見ることが出来るからである。このように、裏事情は推測出来るが、当時の資料がない。

そこで、父と母相互交歓のラヴレターを参考に、その5年間を箇条書きにし、恋物語を推測してみたい――

手紙は、小学校卒業後廣島高等女学校に通っている母から東京の本郷亭の父宛のものが一番古い。

文面から、母がときどき、放課後日本メソヂスト廣島中央教会（現広島流川教会）に、石井笛子に誘われて行き、聖書を読み始めたことが窺える。

東京の父から母に宛てた手紙は、1913年9月のもので、中田公太郎先生とも面識のあった乃木さんと妻の静子さんの、明治天皇崩御後、前年1912年9月12日の殉職、その一周忌を参観し青山霊園まで行ったときのことが武士道精神とともに述べられており、この葬送の様子を浪曲にしてみたい、と結ばれている。

この頃、父は赤坂の乃木邸や本庄吉良邸跡や泉岳寺などにも出向いている。手紙では父は品行方正。本郷座の小間使いに追われ、休みの日は、神田の古本屋街や早稲田の古書店に行き、義士伝やそれに関わる歴史物を漁っている。

残存する母の二番目に古い手紙は、１９１７年頃、上京したばかりの母が高田馬場に間借りして、未だ都心にあった女子英学塾に通い始めた頃のもので、津田梅子や渋沢栄一を拝顔した様子、教会で賛美歌を歌い、イエスの14の道行きを追体験した様子、今度のお互いの休みに、銀座の可否茶館で英語の聖書物語の絵本を一緒に読みましょう、あなたが文型などの文法を熱心に学ぼうとするので楽しい、その代わり漢詩・漢文を教えて下さいといったことが書かれている。

父は、大正時代が始まったばかりのこの頃、持ち前の向学心から、頭山満や宮崎滔天やその友人と称す無政府主義者にも会っている。宮崎滔天からは、師匠夫妻の九州公演の大成功についてよく聞いたそうである。前年の１９１４年から始まった第一次大戦には反対していたようだ。

父と母は、大正デモクラシーの時代でも、お忍びのような気持ちで、この頃、古都鎌倉の銭洗い弁天に父が浪曲師として大成するよう、祈願している。鎌倉八幡に行く途中、鎌倉彫の実演を見て、触発され、かつて宮島で杓文字の彫刻をしたように、一座の根付や仏像も小刀で彫るようになった。

母は、この頃既に、60代の津田梅子の紹介で既に洗礼を受けた同郷の友人石井笛子と一緒に石井筆子に会い、巣鴨の滝乃川学園の園児を世話するようになった。

父は、道を説く浪曲師にならんと上京して、1916年梅中源雲左衛門師匠が肺結核で他界するまでその付き人になって4年、その後も1年、苦節合計5年間、修行を積んだ。所属する宮若丸一座から、梅中源顕正という号まで授かっていた。1918年、いよいよ遅咲きのデビューをする直前の秋、突如21歳の父を兵役に就かせようとして、祖父太一が迎えに来る。忠義の人、焔徳は、苦悶、葛藤の末、夢を絶たざるの已む無きに至り、東京駅で母と別れ、栗山村に帰郷する。さぞかし短すぎる1年半の帝都での母との逢瀬の日々は断ち難かったことであろう。

父は、宮島での少年時代に、難関の幼年兵の学校に志願することを考えたことがあったが、学歴不足のみならず、身長が不足していることをすでに知っていた。だから、荷物の別便を預けて、新橋駅を出た汽車の中で、父は、祖父とお互いの情報を交換し談笑はしていても、徴兵検査で引っかかるのではないか、という不安心に苛まれていた。不名誉な噂《うわさ》が村中に45日は広まるだろう。しかし、それを口実に、再び上京し、夢を叶えることが出来るようになるかもしれない。中田先生が常々説かれた「人間万事塞翁が馬」。

　２日かけて、蒸気機関車が廣島駅に着き、乗り換えた汽車も廿日市駅を過ぎた。地御前神社が車窓から見えたとき、胸に込み上げる思いがあった。浪曲師として、立身し、今は東京で滝乃川学園に出入りしながら女子英学塾に通う慧子さんの地御前の実家を訪れ結婚を申し込むのが、５年間の修行中の夢だったからである。

　汽車は、前年開業したばかりの大野浦信号場（特別に乗降可、１９１８年大野浦駅に昇格、奇しくも１００年後にこの駅近くの宮浜温泉で栗造が癌を克服）に着いた。親子は、歩いて松ケ原峠を上り、渡の瀬の谷に住む馬子の叔父佐伯与作《よさく》の家で一服し、河津の村を抜けて、暗がりの中、栗山村の実家に着いた。古里の匂い、風、囲炉裏の明かり。

　父焔徳の母（栗造の祖母）佐伯キヌは、５年ぶりの再会に、歓喜のあまり、父の手をとって、泪を流した。しかし、内心、徴兵に息子をとられたくなかったし、東京での夢を追わせてやりたいのに、と思っていた。父は、夕食には、夜半まで待ち続けてくれた祖父母・兄・姉・犬・猫と深夜の囲炉裏の火を囲んだ。その火は、また父の好きな辛口の地酒、神泉のお燗《かん》、松茸・黒公・石州山葵・箱寿司・岩魚・煮しめ・味噌汁など、祖母手作りのご馳走に囲まれた。

帰郷後も、父は、アマチュアであっても、趣味以上の浪花節は、人を楽しませる余興であり、道を説く社会奉仕である、という信念を持ち続けた。栗山村の実家から目前の土手に出て、川に向かって、浪花節を唸っていたそうである。

——ここからの父の徴兵検査以降は、父の随筆『消えずの日』と、手紙の内容が重複する——

父焔徳の帰郷を東京駅で見送った後も婚約者の母慧子は東京に残り女子英学塾に通い、1920年に卒業したが、在京し続けた。その年の師走、慧子の父船津太助（栗造の母方の地御前の祖父）は、寒い日に脳卒中で隠界に移った(他界した)。葬式には、慧子の婚約者焔徳や一中の教え子の多くが参列し、また賀屋興宣《かやおきのり》などや廣島縣教育界から数多くの弔電が届いたそうである。

4. 火葬と新生の火

慧子の母船津イツ（栗造の母方の地御前の祖母）は、その数年後、焔徳と同病で低血圧の冷え症から腎臓を患い、昭和に入って伏せることが多くなり、昭和2年（1927年）1月中旬には廣島市水主町の廣島縣病院に入院した。慧子は、イツを看病するために帰郷する。母慧子の友人でもある中野朝代（父焔徳の従妹）は、ハワイにすでに居て頼みには出来ない。ときどき、近くの富士夫店主の佐伯炭団店に同居している佐伯浅葱《あさぎ》（焔徳の姉）が、世話した。しかし、それでは、間に合わなかったのである。慧子は、その帰郷までは、同郷の旧友石井笛子とともに巣鴨の滝乃川学園に勤務した。谷保村（現国立市）に学園が移転したのは、翌1928年であった。

焔徳も、2月から警察署の非番の日には、安芸の小京都竹原町からはるばる徒歩と舟（当時竹原駅未開業）と汽車（呉駅―海田市駅開業は1903年）を乗り継いで廣島市内に入り、入院中のイツに面会した。

二人は、見舞いを兼ねて中島町のすずらん灯の下で逢瀬を重ね、お互いに、近くにありたり遠くにありたりして重ねた淋しい恋慕の幾星霜、情念の火を燃やし続けた恋慕17年来に終止符を打ち、1927年4月初めに、当時としては、晩婚の式を挙げた。会場は、慧子がミッション系の滝乃川学園に勤務したこともあり、希望した流川の日本メソヂスト廣島中央教会ではなく、警察勤務中の焔徳が希望した護国神社になった。

披露宴は、神社でも出来たが、産業奨励館の桜咲く元安川向いの料亭で行った。その宴の前に、神社からのハイヤーを縣病院に乗り着かせ、新婦慧子は花嫁姿を、新郎焔徳は紋付姿をイツに、宴なくも披露した。桜の花びらが、病床の窓の木枠に重なっていた。尿毒症になり、数日後、イツは、散った。地御前で火葬され、地御前墓地に止まり木を置いている。

妊娠中の慧子は、結婚後の翌昭和3年（1928年）4月から竹原署勤務の焔徳と別居し始める。父太助（栗造の祖父）の友人（廣島一中の英語担当）の口利き等の伝手もあって、母校の英語教員として勤め始めたからである。幸い、その年の廣島高等女学校の夏休み7月29日に、焔徳が廣島の警察官講習所に入学したため、二人は、自転車での通勤通学に便利な三滝観音の傍に新居を構えた。慧子は、1928年10月25日に、三滝の新居でおさんどんに来てくれた義母佐伯キヌの焚く大釜の湯気に光芒が差し込む朝の居間で、新生児長女筆子《ふでこ》に恵まれた。この3人家族に成る前の月末までは、英語教員を続けた。母は、母で自分の夢を追ったのであろう。

筆子の方は、早婚であった。16歳になるや否や、父焔徳が1940年に署長を務めた地縁によって、父の可部の友人の地主田畑家に嫁ぐ。早熟な本人同士も、相思相愛であった。当時は、15歳から結婚出来た。

さて、焔徳は慧子と学歴が違いすぎるが故に、より一層立派になりたいと願った。背が低く、経済面でも劣等感が強いが卑屈にならず人一倍頑張り屋の父が、その後の教養、特に英語の読み書き能力を身に付けることが出来たのは、この母慧子の家庭内教育によるものに違いない。

このような焔徳の家庭や葛藤など、私的生活の火は、ほとんど『消えずの火』には、明記されていない。残念なるかな、それらの原稿は、散逸してしまったのだろう。だから次章で、その私人焔徳の火を、公人焔徳の火の記述から垣間見ることにしよう。

第3章　火鉢の火

父焔徳は、栗山村のランプの灯に目を光らせる中田公太郎翁に親炙《しんしゃ》し、山の囲炉裏の火で道を説いた人、祖父太一からも学んだ忠義の魂を浪曲に託した。しかし、親に叛けず寄席の灯火に照らされた自由な浪曲師の道を断念し、帰郷する。結局、成り行き任せで、警察官、組織人になり、小卒で叩き上げの署長に昇進する。

慧子の母同様、佐伯家筋の遺伝病なのか、内臓温度は低く、腎臓が弱く冷え性の父焔徳は、根のものを食べ、腹巻きを愛用した上、廣島縣警詰め所の大きな火鉢の炭火で手を炙りながら、少年時代の山の火、急ごしらえの囲炉裏の火、その埋れ火を思い出していた。

父は、警察官になり、神仏を尊び「引き寄せの法則」を受け、異例の昇進、神業的昇進を遂げた人であった。立身出世主義で大切な心に反するのはよくないが、公的な組織のことや私人としての部下の情などをよく理解し度量が大きくなければ、出世できないことも事実である。父は、当初、正義、「善魔」（遠藤周作、人の置かれた境遇や立場に気配りせず、正義を押し付ける悪魔のこと）の熱血警察官であったが、世を知り、人を知り、組織を知るに及んで、祈りや希望による他力の「引き寄せの法則」を実感しつつ、同時に「阿諛《あゆ》か礼譲《れいじょう》か」で表されるような自力の現実妥協的な生き方、全ての人々と自分との共通項を探す最大公約数的な身の処し方を学んだ。それでも、迷いつつ、葛藤しつつ、心の内なる火で理想と現実、公と私を調和させようと努力した人物でもあった。

もっともっと徳を積み、世のため人のためになり、十牛図にある「入鄽垂手《にってんすいしゅ》」に達し、日々これを励行する器（器の「犬」は犠牲の犬、それを上下左右に囲む4つの「口」は冠婚葬祭の祝詞《のりと》を入れる器、「吾唯知足」の「口」も水＝祝詞を入れる器）が、大成する途上で、無念にも、第1章で紹介したように、原爆によってその好々爺となるべき未来を断たれる。

第1節　警備の火

熱血警察官誕生。警察署に就任する前に、1918年秋、父は東京から21歳で栗山村に帰郷はしていても、母の密かなエールを受けつつ、寄席の火は消さず、再度上京する口実を探していた。だから、梅中源顕正という号で宮若丸一座と文通し続けた。漢文調の文才を発揮し、乃木ものの漢文調の浪曲台詞などを書いて送っていたようだが、祖父への忠義を曲げることが出来ず、とうとうプロの浪曲師となることを断念し、天職を警察に定める。焔徳の熱血の火、勤務の火は、どのように燃えてゆくのか。

1. 徴兵の火消ゆ

父は、あまり徴兵の火に照らされたくはなかったが、祖父の日本皇軍になって欲しいという願いを汲み、徴兵試験を受けるのは受けたが、その願いに沿えなかった。結局、警察官の試験を受けることになる。

帰郷の汽車内で過《よ》ぎった不安の通り、徴兵検査の判定は乙と出た。やはり、身長が難点になったばかりでなく、少年時代の松根灯台のせいか近視眼が難点になって、輜《し》重《ちょう》輸《ゆ》卒《そつ》（運搬に従事する兵）乙となった。

私の身体は検査の始めから順調を欠いて視力検査で引っ掛かった……

「おまへは眼鏡を掛けたことはないのか」

「おまへは近視眼じゃぞ」

検査官は斯う言って、私を暗室の中に入れて再検査をした。徴兵官は私に輜重輸卒乙と最後の判断をした。友達には甲種合格が多かった。其の頃の乙は軍は見向きしなかった……

私は惨めだった。同じ様に乙もあり、丙もあったが、私の様に健康で跳ね除けられた者は一人もなかった……村の人等は私の不合格は「すが少し足らぬのじゃげな」と云っ（た）……（『消えずの火』P59～61）

ここに、徴兵の火は消えた。

――お父さん、お父さん「人間万事塞翁が馬」ですよ～～（栗造）――

父は、村の友人との競争心からは、悔しかったが、これを口実に、祖父にもう一度、浪曲師デビューを懇願した。母の方は、殉死した乃木さんを心から崇拝はしていたが、兵隊にとられず内心喜んでいる様子だった。

しかし、普段温厚な祖父太一は密かに自分も浪曲を趣味にし楽しんでいるのに、世間体を気にして狭量になった。祖父と父とのこの違いは、レ（霊）のそれによるものであろうか。太一は、いざとなると旅芸人浪曲師一座のことを、上から目線で、女まで煙管で煙草を吸うし、品がない「川原乞食」じゃなどと差別発言を反復した。父焔徳は、故師匠が伊藤博文や有栖川宮に呼ばれ御前で唸ったことや軍部が浪曲を宣伝に使っていることや亡くなる1916年まで3年間付き人をさせても師匠の値千両の声に難波で感動した若者が切った指を届けたこと、祖父も好きでかつて評価していたことなど、必死で口答えした。それに対して、祖父は、終いには佐伯家の血筋まで引き合いに出して来て、兵隊が無理になったから、宮島の小林商店に戻るように言い、親の言うようにせず、どうしても上京するなら勘当する、とまで言い放ったそうである。親

父は、浪曲を、レコードや台本まで書棚に置いて楽しみ、道を教える音楽と看做《みな》している中田先生ではあっても、親が反対するのに、親孝行、親への忠義に外れるので、浪曲師に戻るなどとは言えない、と思いつつ、恩師のアドヴァイスを求めることにした。

中田先生を訪れ、胸の寂寥を訴えると先生は慰めて呉れた。

(中田公太郎)「検査の当分は男子として恥ずかしく何となく落伍者の様な気持がするが、日が経つとみんな忘れて終うよ。

軍人でなければ、お上に御奉公出来ぬと思う考え方は怠者に限るのじゃ……残念なら今少し勉強して巡査になり給え。軍人が陛下の股肱《ここう》なら巡査は陛下の官吏《かんり》じゃ。いざと云う場合、村で一番頼りになる者は巡査で、又村の者が一番けぶたがって居る者は巡査じゃ。

之によっても其の職責の重さが判る、何《ど》うかね、家の人々に相談して見ては」

先生に斯う言われて私は胸が躍動するのを感じた。

(中田公太郎)「紀律の点と言い、服装の点と言い、全く巡査は軍人の様である。然し軍人は体格さえよければ強制的に採られるけれ共《ども》、試験の上、或る程度の学力がなければ採用されぬ。自分にはそれ丈《だ》けの力があるだろうか、全く不安でならぬ……そういう気持ちじゃろう……

僕が金鵄勲章や恩給を貰って休んどると言って、悪口を言ったり、軍人は良いと言っとるそふじゃが、僕は日露戦役で敵弾を四発受け、一発は未だ体に残って居り、貫き通って出た穴と合せて七つ体に弾痕がある。それが為、常に身体に故障が起こる。皆が思う様に金鵄勲章は只では戴けぬぞ。兵になって再役して、将校になるの、金鵄勲章を貰うの恩給を取るのと言う様な名誉欲や物欲でやる者にろくな者は居ない。君が警部補になるの、警部になるのと高い処を望んで巡査になる気なら、最初から止めたがよい。

君が第一、一番いゝ巡査じゃったら巡査部長にするかも知れぬ、一番いゝ巡査部長じゃったら警部補にもするだろう。然し巡査を志願する以上は縣下一番の巡査になり度い位の遠大なる希望は要ります。『頂く志は大なるを要す』とは其の事を謂うたのです。判りましたか……」（『消えずの火』P61〜67）

ここに、父は再上京を断念し、来春の警察官採用試験の準備をするために、地元栗山村など佐伯の荘一円の駐在所を訪れようとした。

すると、渡りに舟で、巡査の回案所になっている佐伯家に、父とは初対面の赤垣巡査が立ち寄った。父は、義士伝の赤垣源蔵を畏怖していたので、同姓の若い美男子のこの巡査に親しみを感じ、採用試験の傾向と対策を訊いた。

2．警察官の火灯る

1919年2月、22歳の父は、赤垣巡査の親展書を携え、未明に村を出て、廣島市水主町の試験場を訪れた。

其の日の巡査試験場に当てられたのは古色蒼然たる警察署の楼上であった。むやみに無精髯を伸ばした杉原署長は私等七人程の受験者に対して一席の訓示と受験心得を述べた後、黒板に問題を示した。

「富国強兵の必要を論ぜよ」

一時間程で作文の答案が全部集まると五分間程の暇を置いて署長は黒板に法律を書いた。

「先訴《せんそ》先発《せんぱつ》の意義を述べよ」

私は面食らった、それは凡そ私等青年には之迄余りに縁のない字句であった。前者は思ったより平凡で答え易く、後者は六ケ敷（難し）かったから、此の二つのことが私の記憶を去らぬのである。

学科試験が済んで身体検査が行われた。其のときには、私の身長が問題になったやふだった。係官は二三度定規を当て、最後に一寸五分に取って置こうと謂って記帳した。

それから口頭試問人物考査が署長に於て行われた。（『消えずの火』P70～72）

試験後、他の受験生と話したが、第2問目は皆歯が立たなかったようで安心したが、身長に不安を感じた。しかし、翌月、桃の節句に廣島縣警から出頭告知書が届いた。家族中で喜び、祖母は赤飯を炊き、鯉こくを作る準備に走った。父は、その手伝いよりも、真っ先に中田先生に報告するために家を出た。1里半も先なので、赤垣巡査には、翌日お礼に行くことにした。

病後の体を縁側の柱によりかけて何事か黙想に耽って居た先生は、私の姿を認めて顔全体を綻ばせた。

(中田公太郎)「身体検査位はあるか知らぬが、採用は先ず間違いないのです。身体に気をつけて、しっかりやり給えよ。時季は絶好じゃ。今に櫻の花も開くし、酬いの春が来て居る。早春の姿とあんたの希望が同じ様に感ぜられる。

住みなれた家や両親を後に、懐かしい故郷を去ることは寂しいものぢゃが、『人間到る処青山あり』で、里の方向は顧ることなしに、まっしぐらにやり給え」（中田公太郎）「君に訣別のつもりで言って置き度いことがある。まあちょっと上がり給え。これから君の一生には思いがけない艱難が待ってゐること、思ふ。『艱難爾を玉にす』とは苦難が君の心を磨き之によって光沢を起こさせるのです。苦難は己の心が味うのであって、自分の心が難事を難事と感ぜざることを己に克つと言ひます。己に克つとは己れの我儘を征服することです」（『消えずの火』P80～83）

こうして、父は1919年4月4日、廣島縣庁の門を潜《くぐ》り、月俸14円の巡査に拝命され、6月末までの3か月間の巡査教習に入った。警察官の火が、胸の内にも灯ることになった。

3．巡査教習の灯火

3か月の短期集中教習で、教科書『警務全書（初歩法学）』や警察取締法令を学んだ。

父は、夜も、廣島電灯の電気は通っていたが、遠慮して便所の前でひっそりと蝋燭の火を灯し、忘れた処を読み返した。その間、風流人の父らしくなく、花鳥風月を楽しむゆとりもなかったそうである。

狭い教習所の中には、私達より二月前にはいった者や一月前にはいった先輩が居て其の人等が教官の指導教養の他に厳しく躾をするのである。寧《むし》ろ之等の先輩が後輩指導の範囲を超えて苛察《かさつ》に流れたり、所謂「蛸釣り」になることもあって、それが為教習中免職される先輩も二三あった。

然し教官や先輩の厳しい教育は私にはとてもよい練成となり、僅かの期間とは言え、放縦なこれまでの生活を規制して紀律や礼法を始め役人として社会人の前に立つ素地が一通り具わって来たやふな感じがした。（『消えずの火』Ｐ90～92）

こうして、父は１９１９年６月30日に、卒業式を迎える。

入所の当時、私等が畳を置いて雑魚寝をした二階の古びた講堂が今日は綺麗に片付けられて教壇の前に私等は行儀よく列《なら》んだ……辻野教習所長は慈愛溢るゝ様な面持ちで私等に最後の訓示を述べられた。

（辻野教習所長）「短い期間とは言ひ乍ら、諸君は蛍雪の功を積んで茲《ここ》に芽出度く当所を卒業することゝなった。

　昨年の米騒動以来、警察官の大欠員となり急速に之を充足する為、沢山の人を預かって教育するのだから不行届きの点が多く困って、諸君に対しても教えが不充分である……然し諸君は諸君自身が積極的に勉強して、之れから配置せらるゝ現地の警察署長以下幹部先輩の教えのまゝに一刻も早く独立の出来る様努力し、そして私の教えの不足を補って貰い度い」

　此の訓示の時、シュクシュクと鼻をすゝり上げる音がして、私は目頭が熱くなり白套《はくとう》をかけた甲で涙を拭った。

（辻野教習所長）「……諸君が巡査を志願した所以は金儲けの為ではあるまい。又名誉欲からでもない、只皇国の警察官吏として尊い職責を果たすことの無限の楽を求めて居るものと私は信ずる……職務に倦怠が来たり、他の花が美しくゆることは己れの我儘からである。諸君は夫婦喧嘩と言うことを知って居るでせふ。これは結婚幾年かの後、結婚式当日の感激や喜ばしさを忘れ、双方共に我儘となり、其の当時の敬虔な気持に帰服し得ない者の人生破綻の姿である」

……引き続いて松村警察部長の訓示があった……此の人の登壇によって、式場が一しほ厳粛となり、荘厳になった。そして其の訓示の一節に忘れられぬ一語がある。（松村警察部長）「諸子は任命せられて国家の官吏となった。警察官は其の特質として国家の権力を委ねられ、其の執行に当るのである。

諸子の対象となる国民にとっては諸子等程恐い者はない。

恐いのは諸子の本属長官たる知事でもなければ、また警察部長でもない。

諸子のやり方如何により、国民に大きな影響を与える。生殺与奪の権とでも言ふか。警察官の仕事はそれ丈けに重大であるが、然し諸子の教養は今教習所長が述べた通り、みすぼらしいものである。

諸子に国家権力を委ねたことが若し『気狂い』に刃物を持たせたやふなことになっては大変である。

国民の中には教養の高い人が多いが、それかと言って、諸子が卑屈になっては国家の官吏として立てないけれ共、空威張りをすると嘲りを受ける。要は真心を以って進んで行き、日夜、修行を怠らず人格を磨くにある」
……庭前に薫る櫻の若葉、古びた教舎、後輩の新入生迄が翕然《きゅうぜん》として、袖を引く様な心地がするし、入所の際、肩車に載せて来た柳行李を人力車夫に挽かせてゐる友もある。（『消えずの火』Ｐ93〜１０２）

浪曲の好きな父には、このような節目節目に、格調高く、出立を祝い励ます檄《げき》が、ことさら有難かったようである。

第2節　警察官、情熱の火

１９１９年6月30日から１９４５年8月31日まで、父は26年2か月、廣島縣警に勤務し、情熱の火を内に燃やし続けた。その燃焼の実働は、１９４５年8月6日朝までである。

これは、個人的な熱血が、「泰然自若」、平常心を持った立派な組織的な上司に成長する軌跡である。

1. 初任地、水

父の初勤務は、1919年6月30日、22歳での段原派出所に出向いた、翌朝7月1日の水害との格闘から実質上始まる。

自然界の現象は恐ろしいものである。昨日の昼間から、昨ひと夜降り続いた豪雨は洪水の危険を孕んで三十萬の市民を不安の中に打ち込んだ。

……私が受持派出所に馳せつけ、消防組員を督励《とくれい》して河川の見廻りをして見ると氾濫しつゝある京橋川は上流から倒壊した家屋が断続的に流れて来るし、時には牛の屍体が浮きつ沈みつどす黒い渦に揉まれて押し流され、これらは上流部落の惨害を物語って、今にも同じ運命が河流に挟まれた都会の人をも道連れにするかの様で容易ならぬ相を呈してゐた。

私は襦袢も股下も水に浸かって濡れ鼠になり乍ら鶴見橋で決死の作業に当って居る消防組員を激励してゐた。雨は息《や》むべき気配もなく、水嵩《かさ》は刻々と増して来た。其の時各地の寺院から危急を告ぐる梵鐘が鳴り渡り、町家の人々は力を合わせて土手町一帯の堤防を警戒した。夜の満潮時には、洪水と潮が交錯して、とても保つまいと気遣われ、土砂降りの中を山の手に向け避難する者も出て来た。

私は巡査を拝命して始めての勤務に服し、当日から此のやふな天災に遭遇して少なからず小さな胸を痛めた。上司も同僚も此の出来事の為、他の部署について相談も指図も受ける由なく何も判らぬ自分が民衆の先頭に立って夢中に狂奔するのである。

不眠不休の日夜が三日ほど繰返された。市内の橋梁は其の大半を流失し、太田川の上流には堤防の決壊で死傷者や流失家屋が沢山出来、市内の各地は浸水に家財を冒（侵）され、住むに家なき罹災者が出来たが、幸いにして此の程度で、流石の猛威を奮った洪水も終りを告げ、四五日の経過によって、あの恐ろしかった市中の河川は何事もなかった様に悠々として清く流れ、憧れの水都を再び現出したのである。

私は思ひも初めぬ尊い体験を得た。最《も》ふ何事が起こっても決して心の動揺は起きぬと思った。一着の制服を自ら洗いで、生乾きのまゝ身に纏い、次の勤務を続けるのである。（『消えずの火』Ｐ１１３～１１８）

焔徳、父の内なる火焔は、こうして外なる洪水＝災（水（巛）＋火）いに打ち勝ったのである。

2. 公私の楽しみの火

公人として、部下の性格を受け入れて正し、厳しく組織の結束を司るとともに、私人として、剣道・柔道などの武道や式場での浪曲披露など、自分をも合わせて楽しませ、上司、部下ともに人間的に和気藹々成長する警察にしようとする余裕、楽しい胸の火を燃やすゆとりが、父にはあった。「合呼只和（合わせ呼応し只和す）」、また「吉咲呈和（吉咲き呈す和）」である（ヒント「吾唯知足」）。

凡そ人の上に立つ者は、部下吏僚の誰彼を問わず、よく其の性格を明らかにし、之によって力の程を察し得たらば、其の軽重によって、分限の意見を宝とし、之を施政の資料とすべし。独善に陥り、或いは排他的心理や色眼鏡や猜疑心を以って、下僚に臨むことは、上長の態度ではない。（『消えずの火』P189~190）

父が、そのような組織結束と楽しみのために、決行したのが、浪曲披露と組織的登山やトレッキングであった。

（１）十方山の火

父は、１９３９年11月４日、警察署長として部下の結束を高めるために、少年時代に杓文字の原木をその裾野に求めた十方山、熊、神宿る山に登り、夜行では、松明で山を照らした。以下、漢文調の父の日記である。

柴木川を渡る頃には、最早日の暮れて、僅かに山道の近路が見ゆるのみ。此処にて二十幾年はきなれた草鞋《わらじ》に替え、靴をリュックサックに納め、刀を杖にして行く。暗夜に四方の景色はなく、唯粛々として一行は進むのみなり。那須の頂上へ、まだ一里と言う箇所にて、二発の連中が追い付き来たり、遂に景気を挽回して一燈を頼りに軍歌を高唱し乍ら進む。中国征討の我が軍が果てしなき戦野を砲煙に侵され乍ら歩み行く其の労苦には及ばざるものありとは言え、少なくとも其の一難を窺うことが出来る。

奈須の部落の燈火が、目の下に見ゆる時一行は思わず嬉しさがこみ上げて来た。頂上では、秋祭りの客が提灯《ちょうちん》を携え乍ら、横川に行くものと出遭う。秋時雨は熄《や》みつゝしきりに我等を襲う。頂上を下れば、途中迄、先発の吉本君と、宿泊客と言う荷馬車輓《ばん》と外に子供が一人出迎えに来てくれた。緩勾配の石がら道を、空腹を耐え乍ら、やっと午後九時、横川の旅宿、橋本こと藤才太郎の宅へ着いた。横川唯一つのスキー宿なのである。親切で素朴の宿の人々が労をねぎらい風呂をすゝめて呉れる。穿き慣れぬ草鞋とは言え、足には豆の一つさへ出ず、疲労もさして言う程もなし。

全員の集合迄は余程間のあることなれば、先着の一行十余名で、先ず食事にかゝる。

河本老介君の配慮で酒の支度が整い居り、此の部落御祭りの馳走をも混えて、くつろげる夕餉をとる。笑う者、唱《うた》う節回しは無我の境地である。

一行の全部が揃って、睡眠をとったのは、その夜の午前一時であった。外は烈風に雨を交え、明日の天候を気に揉ませた。寝に就くも、安眠を得ない。蓋《けだ》し責任者たる自分にあっては、此の行を無瑕《むきず》ならしめんと念ずればなり。

天候が気遣われる為、登山には不似合いの朝寝をした。でも六時の起床で六時半迄に朝飯を済ませたのである。山岳折り重なって物凄まじい景色の宿であったが、夜目には何も知ろうとせず、遂今朝醒めて驚いた。雲は北方に晴れて行く。一行の仕度が整うと点検を済ませ、列を為し、午前七時宿を立つ。河本老介君を先頭に威勢のよい登山である。

警察署長を始め、署員二十四名、河本君を加えて二十五名。こんな不思議とも言える一行が此の山奥の部落に入り込むは、古今未曾有であると見え、折柄の祭り客を交えた土地の人々が珍しそうに立ち出て見る。

右は恐羅漢《おそらかん》の大森林、左は十方山麓の山脈が波形に尾根を伸ばし、遠く深入山の頂が雲を戴《いだ》いて見ゆるのである。此処迄来て初めて、山にも大小があり、程度の差があることを知った。時正に十一月五日十二度、霜に見舞われた態の全山には処々に「ぶな」の落葉が箒の如く凄さを見せ、総ての林は紅の頂点に達し、映ずるもの之れ一幅の画に納むること難く、蕩然《とうぜん》として其の景色に酔う。正に天国の如しと言わん。

木馬道《きんまみち》の続く処は平坦にして、極めて登山に易し。暫らくにして雨を含んだ丈けなす熊笹に分け入る。一濡れ。一行を驚かしたるも、杣《そま》山道に出る。路傍に下れる山エビを採り、枯れ木に附ける茸を集め等して、何時ともなしに登り盡《つく》す。

八合目には又熊笹の繁茂せるあり、先を競うて登る程に次第に其の笹の短かくなるを覚ゆるなり。笹の上に頭丈けのぞけるを写真にとる。
神代杉のあちこちに残れるは古きを偲ぶよすがなり。暫らくして漸く頂上に達す。午前九時なり、太陽漸く登りて、豁達《かったつ》と晴れ、思わざる登山日和となりたり。一行は列を正して皇宮を遥拝し聡寿万歳を斉唱す。

所　感

群嶺波濤　惟一望
冷気涼々　滅心頭
龍雲廻忽　十方山
悠々沖天　鎮《しん》両掛

眼下に内海の島々が油滴の如く浮かび出で、似島《にのしま》、廣島市民にその南の下高山を隠し北に安芸の小富士を見せるこの島の姿は不思議に近く、一行をして真偽を争わしめたり。日本海面の荒波が島に寄せては砕くる状、白壁の壊るゝが如く、白亜の堂が崩るゝに似たり。

山上の冷たさを払わんとし、携え来たれる美禄（酒）をあほり、頂上の野笹を踏んでリレー競技を為す。全員残りなく嬉々として戯《ふざけ》る。

十一時に及ぶを以って望遠鏡を寄せ、三瓶山、臥龍山、大山、果ては四国の山々を眺め、尽きぬ名残を山に残して下山の途につく。行く行く見極め置ける木の葉冠き、茸をかき集めつゝ下る。序《つい》でを以って、恐羅漢スキー場に立ち寄れり。

疲労の足を草原に投げ、秋日にやけし岩上に腰を下ろして、全山錦の雄大荘厳な景色を眺むれば、天人の境涯かくやと思う。

人懐かしき宿の者等が記念の撮影に満足と無上の光栄を感じて、影を没し、声の届かぬ処迄、熱意の見送りを為す。老爺は別れを惜しみて泣く。孤独の娘が里人の帰る寂寥を胸に無限の愛着を見せて居る。蓋し純情とや言わん。

中国の霊峰を撃ちて、限りなき山の精気に親しみ、一日塵外の境地に浸りしことは、我等の心気を隔々転換して生気を注げり。流石は山岳王と言われし河本老介君、よく吾等を導き、年来の志願を達せしめたり。敬意謝意を表して止まず。

昭和十四年十一月廿二日　秋色褪《あ》するの時しるす。（『消えずの火』P150～15

7）

父は、夜行の松明が十方山を照らしたとき、きっとその山麓に浅葱《あさぎ》姉さんが灯してくれた松根灯台を思い出したことだろう。懐かしい少年時代の山、神宿る山の囲炉裏の埋れ火。

（2）八幡高原《やわたこうげん》の火

「八幡高原落陽遠し」。父は、高原の宿の流し湯の灯火を愛でるなど、組織の公と趣味の私の中間をも楽しんだ。被爆死の前に、こんなにいいことも体験していたのだ。

> 昭和十三の春五月十二日陰暦四月十三日、雄鹿原《おがはら》を経て八幡高原に至る。春既に終わると雖も、遅れ咲く櫻の花は木々の若芽と並立ちて谷間谷間に白きを冠る「ゼンマイ」の生ひ立つも春の装ひ深きを覚ゆ。
>
> 雄鹿原の宿にては、余輩の為めに特に人を遣わして捕り来たりし「ヒラメ」を膳に進められ、昼下がりの陽光を仰ぎて、珍しき山系を徒歩にて越ゆる。道案内の村人一人は迷路なき処に吾等を送りて引き返せり。

同行の羽原と言ふは、寡言よく物を味わう気の落ち付ける男なり。四方の風物を語り乍ら迂回せる「帯の坂道」を近路を求めて幾時間遂に八幡ケ原に到る。

名にし高原の涼風は肌寒く風は連山を動揺せしめ聳《そび》え立つ苅尾岳の雄大なる、未だ一木も芽を吹かず。

春風涼々　鳴連嶽
一望萬里　山不盡《ふじん》
労屋山荘　深旅情
雇婢流背　問行程
人情一掬《いっきく》　語眞實
八幡高原　遠落陽

連年の知己かと思ふ質朴な「下婢《かひ》」が懇切にもてなし、浴槽に入れば背を流して呉れる。そして余輩の明日の行程を問ふ。人情一掬《いっきく》、下婢と雖も蓋《およ》（凡）そ偽は言えない。それは真面目に明日の旅程を物語って、此の地の風物を探るのである。

風呂を済ませば、広漠たる高原の春の落陽は赤く遠く静まり落つ。其の夜村人を集めて、一席の講話に臨み、夜更けて山門を出《い》ず。寺の名は知らねども、古びたる山寺の広き草原に立ちて、唯山門の哀れげなる。さして由緒のなきが如くなれど、寂滅の夜半に立てる寺門の月影は青白く、枯柄《こし》の夜風、冷気懐に入って粛然として襟を合す。

「山門に　苅尾の月の　満つ夜哉」

苅尾山、一名、臥龍山と称《とな》ふ八幡高原の東南に悠然として、其の英姿を昂《あお》ぎ、足を高原の部落に伸べて、自若として白雲の去来を見る。

「風早（速）く　月の走るや若社」

寒風を背負って旅宿に眠れば、蛙の声のみ。

臥龍山の西麓をゆるく廻って、初めて三段峡に迎（向か）ふ。道辺の若草もえ出《い》で、気自ら勇むを覚ゆ。此の山里の野色は、今や漸くにして春の訪れとなり、山家の主もやっと冬越えて、広き桃源に出た心地なり。

「雪枯れ乃　す丶きの中に　若芽可奈」

峡谷の景は淋しさの心に宿るも、木の芽吹く山の香、花の色、青葉の中の紅白は峻険なる瀑布と相対して壮観を覚ゆるのみ。

正午、楓林館と言える山荘に至る。楽しみて待ちたるビール、鮮魚〈平目〉を運んで、雇婢は愛嬌を振《ふる》う。長路の疲れを此処に慰《い》し、行く道々の仙境を探りて、日の暮るゝ頃、本郷と言う町に着せり。

足には、豆を踏み、身は砕ける程の困苦なりしも、雄鹿原を立ちて、合計十里余り、徒歩よく行程を終りたるは痛快なりき。

昭和十三年五月十二日　日誌に記載す。

昭和十三年十月七日未明　思い出の儘、当時の記憶を辿りて書く。（『消えずの火』P１２３〜１２８）

母には、ちょっと内緒にしておきたい入浴の火の記述もあるが、このような、私的風の楽が公的な仕事と一致することばかりが、満ち溢れた警察官生活ではなかった。悲しい、上司と現場とのジレンマに苦しんだ警察官生活もあった。

3．私人、隠《おん》の火

父は祈り願いを一心に「神佛の加護」を受け、「引き寄せの法則」に助けられた人であり、隠（霊）の火、隠（霊）力を少し持っていた人でもあった。他界（隠空に戻ること）をした祖父の霊が父のところに飛んで、「神棚に捧げた三宝《さんぽう》」を落としたり、他界直前の祖父の隠（霊）が父の「愛用の髭剃り」を落として、「二つに割」ったりした。

父は、私人としても、「人の親切に胡座《あぐら》をかく」ことなく、また「差した傘、雨が止んだら、邪魔に」することを戒め、恩を石に刻み、警察官になって以降も、中田先生に尽くそうとし、没後も墓参りをしている。以下、『消えずの火』に散見される私人焔徳の火を明記したい。

(1) 家なき里の火

父は、警察官としての職務が定着し、古を振り返り、多忙の中、栗山村に帰郷し、家々の貧者の灯火を見、先祖と恩師の墓参りをしたことがある。

故郷を引払った程、淋しいものはない。今は僅かなる廃墟の屋敷と手のひら丈けの松山が荒れるがまゝに放ってある……恩師中田公太郎先生父子の墓石に懐旧の心をもと……加計の寓居を出で立つ。

田圃の中を一くぎりして、右に中田倹太郎、中央に恩師公太郎、左端に戦死者中田利夫とある。一家全滅の石碑の前に傍立して、茫然として感深し。祖父も父子と御弔いの一つの圏に入りて、一切無常。人生の悲哀如くものなけん。然し乍ら、遅きも早きも惟れ幾歳ぞ。人咸《みな》、同じ境地に置かれて居るのだ。自分とて、又何時此の人々の後を追うべき……村の鎮守、学校、友の家、荒れ果てし……屋敷見るも、皆諸行無常を告ぐるが如し。

先祖の墓の荒廃に花一輪を立てゝ、去る心の裡の如何せん。嗚呼、山河粛然として、古を偲ぶれ共、死につきたる人々の状を想えば、人間の果かなさに比すべけん。

思いを残し、竹馬の旧友と立ち乍らにして、冷酒を交しつゝ、我が村を後にす。（『消えずの火』P159〜163）

(2) 祖父、太一の跡火

曽祖父、蔵男が潰した佐伯屋を十方山麓で父、伯父と懸命に働き復興させた苦労人祖父、太一の命の火がとうとう消えてゆく。それを、焔徳は、心霊現象から予知する。

　九月十六日の夜半、父危うしとの兄からの報せを受けた……今日の昼、愛用の髭剃りが落ちて二つに割れた……夜の二時になって神棚に捧げた三宝が大きな音を立て、落ちた。それに醒めたなり、寝所からはね起きて、静かに座禅し瞑想深く父の死を直観した。寂寥やるかたなく、死に水もとれぬ身を省みて恐縮するのであった……

　父は八十七年を働き抜いて、不幸の中にあり乍ら、不幸を感ぜず、自ら内に楽しんで満足して逝った。死相を拝するに及んで其の大往生を知る。幾十年育成を受け乍ら、恩を濫《みだ》りにしたことは残念だった。仏間にすわって、人の居ぬのを幸いに泣いたのである……十八日は釈尊の命日である。此の日、永逝の父を葬送する。多数の親戚、親友が遠き道を意とせずして、地御前村の野辺を埋めた。父の栄光であり、一門の栄光であった。一介の奴夫から今日の地位を得て、父を弔う姿が父の御霊の前に立った。〈昭和十九年十月廿九日〉（『消えずの火』Ｐ１９５～１９８）

本節で引用、紹介したような悲喜苦楽の警察官生活を経て、父は組織人としても、成長していく。熱血警察が、成熟警察に大成する。

第3節　現実妥協の火

栗造は、父が、42歳にして、加計署長時代に認《したた》めた内面葛藤の火、「阿諛《あゆ》か礼譲《れいじょう》か」（『消えずの火』Ｐ129〜142）を読み進めながら、組織と個人のバランス、家庭、昇進について呻吟、熟慮し、辿り着いた最大公約数を求める現実妥協的な生き方に、子息ながら感服した。

低い学歴という制度的弱点を刻苦勉励克服し、若くして組織の上に立った人ならではの教訓を授かった。栗造も、定年を迎える直前になってやっと、現実妥協的な生き方をすべきだったと反省していただけに身に沁みた。

1．阿諛の火、礼譲の火

父焔徳は義士伝が好きだが、意外にも、組織の長になってからというもの、浅野内匠頭が、吉良にそれ相応の贈り物をしなかったことを、阿諛の火を消した未熟とし、一城を守る城主は、理想を実現するためにこそ、現実妥協的であらねばならぬ、自分の使命を自覚し、互譲の礼譲の火の方をこそ消さねばならぬときもあると考え、以下のように説いている。

警察幹部それ以下が各々その任地を変えらるゝことを警察異動と言（う）……栄転と言う出来事が神聴とか偶然とか言うことでなく多くが対価を以って購《あがな》われて居ると言う異様な眞實を発見して悟りを開かざるを得なくなった……下僚が時々上長を訪問して物質を贈り、頭を下げ尻尾を振ることは、下として上に対する礼嬢の美徳であらふか。上長はこれを受け入るゝことが当然であらふか、何《ど》ふか……自分を初め、此の度の総花的異動にとり残されて居る若干の人々の中には、以上の様な不見識的世間道者が時代の遺物の様に点在したのである……官吏の栄達の妙諦《みょうてい》（優れた真理）は、自分を支配する上司を捉えることにある。さあどう捉える。

自己に対する上司の関心を持たせることにある。だから、其の目的に適中して居らねばならぬ。

それには、

(一) 訪問して縁を重ねること
(二) 自己の意見を傾聴せしむる
(三) 彼の意見に阿諛迎合して歓心を買う
(四) 物資〈質〉を以って捉ふる
……上司の言に迎合阿諛し、猫迄賞むるの芸を演じ、而《しか》も其の都度時に物質を贈る。

これより効果顕著の事柄はないのだとせられて居る……
それを自ら潔白をのみ、こゝろよしとし、方針をだに改めなかったなら、其の次には、時代達識の所謂敏腕家がのし上げて来て、遂には、首を落としに来るであらふ。其の首を他所の社会に拾われてもそれこそまだまだひどいのである。開放された賄賂の社会は又格別のものである。

警察の社會はまだ、賄賂や不正を取り締まる役柄にある。だから、上司へ対する礼儀であるとか、部下の道とか言って、訪問や贈り物が平気で出来、おまけにそれ丈けして置けば別に叩頭《こうとう》して、「わしを上げて」と頼まずとも、自然によい様になるのだ。然し他の社会では、莫大な物質を贈って、叩頭百拝、頼まなければならぬ……
昭和十四年七月廿五日　一室に於て浮かぶが儘に。（『消えずの火』P129〜142）

父は、このように、昇格するための現実的妥協は認めた。しかし、現場のため正義の火を燃やし続け、「至誠一貫」、言うべきは言い、筋を通そうとした警察官であった。

2. 公私、葛藤の火

父は、公的な自分と私的な自分との葛藤の火を内に持った。父の公的昇格や公的な組織人としての勤務は、寛大温容な祖父・兄と共にした山暮らしから一貫して胸に秘めた私的な佐伯屋復活、捲土重来《けんどちょうらい》と合致するものであった。

恩師から、「頂《いただ》く志は大なるを要す」「忍耐は最後の勝利となる」「艱難爾を玉にす」と教わってはいたが、耐え難き上司との確執に、胃潰瘍を患ったこともある。

現場発現場着の運営をせず机上の空論を現場に押し付ける上司との確執や昇進に関わる下心の観察を通して、人間に対する失望、諦観。

眞實を発見して悟りを開かざるを得なくなった。（『消えずの火』Ｐ１３０〜１３１）

上司との確執は、父が高等官七等に叙せられたときにピークに達する。

「歳月流離すれば、流転の体身亦変遷し　不知の間、齢を重ぬ」……十七年七月一日命を仰いで、本庁詰めと為り……八月廿七日の夜半、稀に見る風水害があったり、九月以降、自動車事業の統合再編に手をつけ、或いは戦力増強の為にする輸送の問題、船舶急造の問題等が興って来て、手も足も共に足りない目まぐるしさを現出した。

上司（原部長）と自分との意見に相違があるとは思わぬが、上司が地方の実情に疎く、事務的に事を処理せしめんとする気配は、確かに自分を悲嘆せしめた。電鉄を中心とする旅客運輸業の整備の問題に就いては、確かに上司が無理であり、意見が対立した。

苦難を喫しつつも、画期的な事業を次から次と片付けていったが、其の仕事に対する同情は誰人からも送られない……統括して居る上司には、せめての理解丈けは欲しいと思って居たが、そふした心持は上司から窺われないのである。

時には課長不要論を出したり、君の如き者は用い難しと言われたりした。辞表をたゝきつけて潔く退職しやうかと幾度思ったことか。然し短慮は功を為さず。自分がこの職務を放棄する時、縣（管轄）下の業者の気持を酌んで、誰人が此の片付けを巧みにやり終えるかと言う自責の念と……折角今日迄幾十年皇恩に養われ、感情の爆発からの最後を汚流して去ることは郷党に対しても、又之迄自分を援助して来た親友の方々に対しても相済まぬと考えて、暮るれば神に額《ぬか》づき、明くれば仏に釈明して、照覧を乞い、妻の慰めを受け、我が身を屈して、唯真の必死的努力を黙々として積んだのである。

信任の薄い時、大きな仕事を恐怖の中に遂行して行くことの辛さは遂に自分の健康を害せしめた、胃潰瘍を患って、遂には血便が流れ出た。大便はコールタールの様に血液と混和して真っ黒に変化して出る。其の為、日に日に精神力を消耗して、気力が欠乏する。最後は本庁の階段を上昇するにも苦痛を覚ゆる丈け貧血症状を伴った。

然し自分は上司にも同僚にも一切之を隠匿した。病と言えば、即座に「時局を担当する力なし」として……左遷せしめるのが上司のやり口の様に思える。其の事はかまわぬとしても、やりがかりの仕事が気になってならぬし、男子の意気地と精神力がどれ丈け人を動かし、又病を克服するものか。これも自分に運命づけられたる一つの試練であると考えてやり抜く決心をした。

「至誠一貫、忠誠奉行　断じて行えば、鬼神も避く」

等の言葉に当って居るか否かは判らぬが、其の心持で何の私心もなく、唯仕事に没頭して居った。その心意気には、何者も抗することが出来ない。約《およ》（凡）そ一年、強いられたる自分は遂に上司の理解を得るに至らなかったが、其の件には当って、大きな仕事は美事に完成した。上司（原部長）は其の酬《むく》ゆる処として、御苦労を掛けたの一言丈けを残して去った。

去るに当って、自分の後輩を徒《いたず》らに栄進せしめて、縣下警察界の批判を受けた。惜しむべき、最後の場面である。凡そ人の上に立つ者は、部下吏僚の誰彼を問わず、よく其の性格を明らかにし、之によって力の程を察し得たらば、其の軽重によって、分限の意見を宝とし、之を施政の資料とすべし。独善に陥り、或いは排他的心理や色眼鏡や猜疑心を以って、下僚に臨むことは、上長の態度ではない。

……医療の助けもあるまゝに次第に健康も快く嘗ては心ある同僚が「君は近頃何か患っては居ないか、影が薄いぞ」と言ったが、今は昔の影に帰って来た。

七月廿三日　叙高等官七等の恩命に浴し、警察生活二十五年にして、遂に高等官にづり上がった。

これは普通の昇進ではない（神業）。官吏優遇令なる法令の発布されたる恩恵によるのである。長い間、牛の涎《よだれ》の如く、黙々として働いた酬いとでも言い得られる。自分の郷里から自分を頼って警察界に投ずる者（含む佐伯勉《つとむ》）が、だんだんと増えて来る。之等の人が若し自分の行路を軽易に見積もって成功を夢見て出て来るとするとき、高等官となる迄の労苦の続けらるゝ人があるかを思わせて、自分の過去を顧みて、此人等の将来に深い深い感慨を送るものである。

昭和十八年七月廿七日　朝記す。（『消えずの火』Ｐ１８４〜１９１）

警察生活、永年の間に与えられたる試練は實に大きかった。社会の事のおほよそは判った様な心地がする……世の中には、順風あれば、逆風もある。道に坂路あれば、平坦あると変わることなし。思えば、警察生活二十五年の内、原部長に仕えた時が、逆風である険路であった。忍耐ということは最後の勝利となる。あの時、一本の辞表を敲《たた》きつけて、責任をとったとしても、勇敢にはあるが、上司の前には弱弱しい自分のこと、唯々世の笑者となったに過ぎぬ。思えば、肌に粟の生ずる感がある。

上司には無理は付随物だと忍耐した。而も上司は自身何とも感ぜずして無理を押して居るのだ。これに力瘤《ちからこぶ》を入れ、自らを殺すことは、寧ろ上司をして驚かせるに過ぎぬ。三省したのは、決して当らぬものではなかった。それで先ず最後が全うせられた。だが然し今少しのことで、命を失うとこだった。誠實と精神力は、遂に病をさへも征服して、僅か数日薬に頼ったのみで切り開いて出た。これ全く、神仏の加護であらふ。（『消えずの火』Ｐ１９３〜１９５）

このような上司との凄まじい確執を通して、また頑固な部下の教育指導を通して、父が得た人間関係の極意こそ、『歎異抄』の冒頭部分の、「いわんや悪人をや」の意味であった。つまり、悪人を最初から否定するのではなく、話を聴き、悪人として一旦受け入れ、無いものねだりを止め、そこから出発しようとする極意であった（「合呼只和」）。

割れ（我）たるは
割れ（我）たるままに
金接《きんつ》ぎの
一片《ひとひら》の皿に
銀河流るる　（焔徳）

カ㋕ミの我《ガ》
割れて無になり
カミになれ　（焔徳）

以上、父焔徳物語を、わたし栗造は、『消えずの火』に即して、２０１８年９月10日までの約１か月余りで一気に綴ってみた。書き終える直前には、疲労困憊《ひろうこんぱい》。だが、今は爽快。

綴っている最中、「欲の袋には底がない」と自戒しつつも、わたしには自分や両親の被爆さえなければ良かったのにと悔やまれた。もし、父が上司との確執の際、辞表を叩きつけて、地御前で休養していれば、或いは辞めて原爆投下数年前に予定通り、廣電宮島線宮内駅から徒歩数分に新居を建てて住んでいたなら、父も助かったのに……

また、さらには、父は東京から祖父が廣島縣に引き戻そうとしたときに、勘当されても、在京し、浪曲師になってくれていれば被爆を免れたのに……儒教的な人だ、とも思う。

さらにまた、８月５日の食糧配給に入市さえしていなければ、わたしと母は被爆から逃れられたかもしれないのに、とも思う。

書きながら、幾度も悔やみ、しみじみと「人間万事塞翁が馬」の格言を感じ入った。「なにも言えずに消えていった」人の多くも、もし生き残っていたら、こんな悔しさを口にすることだろうとも思った。

しかし、燃え去った蝋燭は元には戻せない。自分の一本の短くなった残る蝋燭の芯を労わりつつ、「知足」の火で燃やし抜いていきたい。

――以上のような、徳郎《とくろう》がコンビニで印刷したプリントの内容を、硯箱の中のUSBに栗造は保存していた――

この栗造の記述は、入院直前の栗造が、徳郎に託した遺言のつもりでもあった。果たして、今度という今度は栗造の蝋燭は本当に消灯するのであろうか。

終章　風前の蝋燭再点火

栗造は、実父の足跡を追体験した後のいま、どのように現実妥協的な自立の炎を、癌という名の無慈悲に吹いてくる風の前に置かれた葦のように弱い蝋燭、自分の命という名の1本の蝋燭に再点火し、サヴァイヴァルするのか。Beautiful Misunderstanding Free「美しい誤解」（亀井勝一郎）からの自立。

第1節　入院、通常医療の消灯レール

栗造は、2018年9月10日の父焔徳の物語執筆終了直後は、爽快だった。しかし、前述した通り、『八月の朝♪』を夜中もイヤホンで聞き流し鼓舞されながら、寝食を忘れ、机に向かって執筆に集中し根を詰め、運動不足寝不足深夜逆転になりストレスを溜め、不眠症になっていた。その間、定期通院した地御前病院が勧めるパキシルやSSRI系の抗鬱薬にだけは、自殺誘発剤だと父の恩師の孫中田満二郎《まんじろう》や佐伯杉太郎

から、かねてより聞いていたので、何錠ももらい良く効くと諭されけれども、手を出さなかった。

翌9月11日の朝から、栗造は、同じく前述した通り、少食が続く中、佐伯増蔵《ますぞう》の二男杉太郎が癌を治すサプリだと聞きかじり、いい加減に自分と夕子《ゆうこ》に勧めた3万円もする蟹由来の水溶性アスタキサンチンのカプセルを飲み、胃に激痛を覚えた。

地御前病院の担当医を信頼して、栗造に、地獄へ向かう毒薬だとは知らず、抗癌剤を律義に飲ませて来た夕子も、善意から、そこで診てもらうことを勧め、電話をしべッドが空いているので予約し、駆け付けることにした。

かくして、15歳のときと大腸癌手術のときに入院したことのある「白い巨塔」的な地御前病院に、栗造は半ば不本意ではあるが、夕方から緊急に入院することとなった。

栗造は、リュックに父焔徳の復刻版随筆集『消えずの火』と母慧子《けいこ》の絵画が詰まった大きな茶封筒と60年近く机上に置いてある形見の絵葉書、つまりアマチュア画家でもある笛子《ふえこ》が蝋燭の明かる病室で呉れた母慧子作の和蝋燭（蝋は蜜蜂が腹部から分泌する巣の原料である蝋の意、燭は灯りの意が語源）の絵葉書、その習作が納まったスタンド付き木製額や愛用の燭台と櫨の和蝋燭、最後に『はだしのゲン』第1巻を詰め込んだ。そのリュックを、別宅に山から帰って来て夕食を済ませたばかりの徳郎の軽トラに積み込んだ。

入院後、抗癌剤や癌増殖のブドウ糖が入っている点滴を注入されながらも、栗造は妻夕子の付き添う癌病棟の4人部屋で、不惑の歳について父が公私に亘《わた》って語った『消えずの火』の一節をもう一度読み返した。入院10日後になっても、その悪名高い点滴やそれに混合してある大量の抗癌剤のせいで、精製塩と白米と添加物づけの惣菜やチンするインスタント食品が盛られた病院食があまり食べられない。

担当医がCTの映像などを見て偉そうに上から目線で言うには、検査結果から大腸癌が胃にも肺にも転移しているので、余命1か月とのこと。栗造は、いい加減な診断が一種の恐喝に思えた。そこまで悪化しているような自覚はないからである。かなりのショックで、そちらの方がストレスになり余命短縮の爆弾恫喝に思えた。もう、医者は信頼出来ない。

さらに、栗造が時間はかかるが、自分で寝起き出来、まだトイレにも行っておしっこが出来るのに、パラマウントベッドのような上体を起こせるベッドを用意して来てこう言った。

担当看護師「栗造さんが、間もなくトイレにも自力で行けなくなるので、ベッドをこの電動ベッドに変えさせて頂きます。また尿道を通過させた導尿カテーテルの先端を小さな風船で膀胱に挿入・固定し、寝たままでも採尿パックに排尿出来るようにします」

栗造「本当、真面目《まじ》かよう。レールの上を滑らせられとる。満二郎が批判しとった通りじゃなあか。このままじゃあ、殺されるぞ」

全く、患者の「安知選主《あんちせんしゅ》（安全である権利・知る権利・選択権・主張を聴いてもらう権利）」（ケネディ）に関わる「納得診療（インフォームド・コンセント）」不足である。栗造には、何だか、病院が合理主義的な作業処理優先で、終末処理場へ向けて都合のいいマニュアル通りのレールを敷いているように思われ、腹立たしかった。病院は人を処理する処か。

そう怒ったものの、栗造は医師の死刑的宣告によって弱気になってしまい、1か月後に、もし本当に同じ最期を迎えるのならば、胃痛を和らげるモルヒネの待つホスピスの緩和病棟に移り、終末を晒《さら》すよりも、せめて栗山村の住み慣れた自宅で生涯を閉じたいとしみじみと思い始める。

栗造は、9月21日（金）、ちょうど村の自宅の離れに住んでいる徳郎とその家族（妻微笑子《えみこ》・孫爽《そう》）が面会に来てくれたときに、妻夕子に徳郎と栗山村に帰りたい、と懇願した。その場に同席していた徳郎も、ときどき会う中田満二郎からかねてより半信半疑だけれども、「医原（＝医源）病」（イヴァン・イリイチ）の話しを聴いていたので、栗造の願うようにして上げたいと夕子に訴えた。

栗造「わしゃあ、まだ生きるんじゃ」

しかし、近代医学・近代栄養学と担当医と医薬品メーカーの広告とマスコミに洗脳されて、Beautiful Misunderstanding「美しい誤解」をしている夕子は、夫がご飯を食べられないので、今点滴を止めて、栗造を田舎に連れて帰れば、衰弱し死期を早めるという思いから、首を縦に振らなかった。それだからこそ情報弱者の村人とも間違った常識にも調子を合わせ無難に世間づきあいが出来、気まずくもならなかったが、微温湯《ぬるまゆ》に心地よく浸かって生涯の日常を過ごして来た夕子には、断食も代替医療も、オカルト的で不都合なノイズになっている。栗造には、妻も騙されて、そのレールの上に自分を乗せているように思われた。近代医学の善意の加担者。

どっこい、栗造は、この2018年8月6日以降1か月余り、渾身の力を振り絞っての焔徳物語の記述を通して、すでに自立精神を体得し「自灯明」を燃やしていた。妻からも現実妥協的に自立した本当の自分の道、「天上天下唯我独尊」の道を生きていこう、と心に決める。

その時、焔徳が遠隔地で父太一の死を神棚の三宝の落下などで察知できたように、同じ「斎部《いんべ》」の血を引く栗造には、守護している父母焔徳・慧子の霊力「隠《おん》」（三次元で表現されている今世の物理的可視世界のすぐ隣に隠れている不可視の量子力学的なエネルギーや霊魂。霊力のある宜保愛子などの人間にはその隠の一部が可視、カメラなどの被写体になって心霊写真など三次元にも表現されることがある）が「隠空《おんくう》」（隠の住む高次元空間）から、栗造の背中を押したのを察知出来た。押されて自立心を奮い立たせた栗造は、絶筆で尽きたはずの力をもう一度絞り出して、諦めかけた自分の命の蝋燭を自ら再点火し、前進し始める。

――両親の「隠」が自立、前進を促している。栗ちゃん、起って、行きなさいと。通常医療など、裏切られる全てのことは、自分の器量、洞察力の欠如、情弱に起因。ずる賢い他人に騙されるのは、独善（SRC：Self Reference Criterion）が強いから……

自立と「価値」自由の精神、Beautiful Misunderstanding Free の精神を持って、今まで世間常識の目からだけ「見たい現実しか見ていない」（シーザー）常識人であった自分を猛省し、聞き流していた中田満二郎の代替医療の話しからも学んでゆこう——

栗造の心は、このように整い、父母の「隠力《おんりょく》」によって、密かに病院脱出へ向けて、「転」じ始めた。

一方その頃、栗山村では、徳郎家族が村に戻って2日後の9月23日（日）に、地御前の西向うの宮浜の杉林にごく最近、湯治目的の宮浜温泉中田保養所を建設し切り盛りしている満二郎が栗栖村の中田公太郎《こうたろう》爺さんのお墓参りをしに栗山村に上がった。満二郎は、中田家のものと同じ山懐の墓地にある石丸家のお墓にお参りに上ってきた徳郎にぱったり出くわす。「袖振り合うも」偶然の旧知の再会も、ご縁＝「隠」の導きである。墓場で、栗造の病態を聴いた満二郎は、栗山村よりも自分の宮浜温泉保養所で治して差し上げたいと思う。

この2人の強い思い、祈りは、お彼岸の墓場に潜む「隠空」に神出鬼没の公太郎と焔徳の「隠」（霊）に助けられて、数日後の病院脱走という現実に引き寄せられる。

第2節　蝋燭再燃

果たして、栗造自身と徳郎と満二郎の栗造復活の現世の願い、隠（霊）的世界から栗造に寄り添う公太郎と焔徳と慧子の願い、その隠力（霊力）による栗造の蝋燭の再点灯の願いは、叶うのだろうか。

1．病院脱走大作戦、導火

満二郎と徳郎の栗山の墓場で誓った栗造退院の思いは、地御前で4人の力に倍増する。満二郎は、栗山村から宮浜に戻った後、翌9月24日（月）祭日に、定期的な保養所の灯油タンクの給油やガスボンベの交換に来た佐伯燃料店副店長の船津恵太郎《けいたろう》にその願いを話した。恵太郎は、また同じく祖父母船津太助《たすけ》とイツの墓参りに地御前の墓場まで栗山村から下りて来た徳郎からもダブって直々に事情を聴いた。今は恵太郎が副社長を兼ねて、石井笛子の長女であり社長となっているたきと運営する地御前海運にその24日に出社し、ＬＰガスボンベも届けた。

その際に、たまたま虫の知らせのように帰郷している笛子と再会する。どういう偶然か配剤か、笛子は、栗造の大きな生死の分れ目に限って、郷里地御前に戻る。八百万の神のいる縄文日本列島のクリスチャンらしく、仏教的彼岸の中日に、国立市から里帰りした老女は、使命感を持っており、96歳になってなお艶《つや》がある。

恵太郎から栗造の一部始終をつぶさに聴いた笛子は、夕子をことの後で説得し病院への違約金の立て替えを申し出、地御前病院を婿で地元の人望の篤《あつ》い牧師の石井一作と訪問し理解を求めお詫びをしホスピス病棟の違約金を支払う腹案を恵太郎に話した。その厄介で面倒なことは後回しにするにしても、恵太郎に栗造を病院でも家でも死なせない代替医療を宮浜温泉で施すために、明日にでも、栗造緊急退院を決行することにしよう、と提案した。その打ち合わせに、宮浜温泉保養所の自然食堂が良いと思ったが、満二郎が代金を受け取ってくれないだろうと思い直した。

こうして、笛子は翌9月25日（火）のお昼、地御前神社の近くの地御前亭に、恵太郎と満二郎と徳郎3人を招き、懐石料理を頂きながら、昨夕の提案の具体的な作戦、各々の役割分担を決めることになる。食後、体に悪い白砂糖入りのデザートをもったいないのでついつい口にし、お茶をのみながら、笛子は、まずはクレジットカードでの決済を済ませ、独り言のように3人に向かって、ぼそぼそと、被爆を東京に居て免れた自分と長女が、慧子と栗造に73年間、サヴァイヴァルギルド（生き残った者の罪の意識）を持って今日まで生きて来たこと、友情の熱い思いから、まだお彼岸の25日、これからの決行を成功させ、栗造だけは原爆症の癌から助け出したい、それが悲願だと語り、少し高い声で、自分にも言い聞かせるように、こう結んだ。

「わたしたちも、自立と『価値』自由（ウェーバー）による正しい癌治療を心掛けましょう。夕子さん等の家族も常識の医療レールに肉親を乗せていく様子も分かります。その冷たい鐵《てつ》のレールの上を、温かい性善説・『善意のバラ』（ダンテ）電車が走るのです。

その善意（Beautiful Misunderstanding）は、マスコミ等の洗脳による常識から生まれ、村八分恐怖から生まれ、性善説に基づく、国家・医師依存、偏差値の高い医師崇拝、『情弱』から生まれます。間違った常《じょう》に「棹をさせば流される」のですよ。わたしも、組織の悪徳利権・洗脳から自由になるために、滝乃川学園の理事を務めながら、多摩川沿いの農地で、半私的所有を認めた半農半Xによって精神的にも自立しようとして来ました。特に常識人から『好かれたい病』を患う自己を解放し、『自灯明、法灯明』に照らされたい、イエスを表す蝋燭のように愛の火を灯し、消えてゆきたい。

このレールからの転轍を、今日のこれからの緊急退院成功の後で、夕子さんにも勧めましょう。その転轍を果たせず、これまでわたしは何人もの被爆した親戚、さらには友人と死別して来ました。この慣行三大治療『斬る（手術）焼く（照射）盛る（抗癌剤）』（細川博司《ひろし》）の慣行医療の冷たいレールは、地獄の消灯へ向かっているのです。イエスのように火を投じましょう。

体に良い韮《にら》と間違えて毒の水仙の葉を料理しようとする人に『怵惕惻隠《じゅってきそくいん》』の心から注意するは、当然のことです。ここで、水仙は抗癌剤など三大通常療法、韮は自然農法の人参などによる代替療法のことです。慧子ちゃんの忘れ形見に、自然農法の韮を差し上げましょう！」

昼食後、４人は、予め電話で栗造脱走作戦を聴いて、満二郎が地御前亭の駐車場に乗り付けていた送迎用にもするキャンピングカーに乗り込んだ。徳郎と惠太郎の車は後で回収。出発、厳島に船出した毛利軍の焚いた火立石址を通り過ぎるとき、笛子は、寝台車内で２人に地御前海運が重要な作業のときに掛けて来た襷《たすき》を手渡し、自分もこれを車内でその端を噛みながら絞めた。２人もそれに倣った。笛子は、掛けながら、量子力学で言う量子の波動の軌跡になる輪状の綾《あや》、横８の字が、毛利軍や乃木さんの白襷隊をも力づけた話しをした。

すぐに病院駐車場に到着。４Ｆ病室へ上るエレヴェーターの中で、笛子は、運転していた満二郎にも残る襷を手渡した。彼がそれを襷掛けている間に、彼を含む４人は宮浜温泉の中田温泉保養所までの直行作戦を再確認。「山―川」の合図はないが、忠臣蔵の討ち入りのようだ。

一方病室は、連日、帰宅を許さない担当医や夕子との栗造の口論によって低い波動に汚れ、その悶々として気まずい淀んだ雰囲気に満ちていた。しかし、後もう1分で、「渡りに」船（津）惠太郎たちが襲来して、この悪い波動が断たれる。人・室一体、病室も栗造も「地獄で仏（いや笛（子）吹く（福）マリア様）に会う」のだ。

2．マリアとの邂逅、希望再点灯

心で病院脱出の仕度をし始めていた栗造には、仏の慈悲＝「渡りに舟」。マリア、凛《りん》とした石井笛子が、左手を惠太郎の右肩に掛け、懐中電灯と蝋燭の入ったバッグを満二郎に、ステッキを徳郎に持たせ、狭い４人部屋に討ち入りして来た。

笛子「今晩わ、奥様、初めまして、栗ちゃん、本当に久しぶりね。変わらず、お父さまにますますそっくりね。お話を、惠太郎ちゃんから聞いて、お見舞いに来ました。

新しくなったけれど、この病院だったわね。あれから60年近くなるわね……あら、台の上に『はだしのゲン』があるわね、滝乃川の創設者の石井筆子の大村のお母さんのお名前もゲンだったのよ……（笛子はバッグから自作の滝乃川学園礼拝堂の絵葉書を取り出し、栗造の手に渡した）……これ、いつか読んで……」

（筆子画の絵葉書には、笛子が極細の筆で筆子を讃えた下記の詩が米粒の字のような字で記されていた）

滝乃川の母、石井筆子

賛美歌が聞こえる
武蔵野丘陵に
福祉の木、樹冠を広げ
灯火の下泉わく
多摩川のほとり
甲州街道の走る田園

黒い蛇も昼寝していた
くにたちの滝乃川学園の支流
武蔵野標高50ｍの礫岩層から染み出る泉
雲雀歌う小川
ピアノ、明治―大正―昭和
天使のピアノを「知的障害児」とともに弾き、
賛美歌を歌い、鐘を鳴らし、
自然農法の自給の畑を耕し、椎茸を栽培し、環になって踊る
平成の世、いまなお椎茸は、三多摩一円に届けられる
「明けない夜はない」
「災い転じて福となす」
すがもの近くで園児を失い、
沈み、「災い」の底から、
足を引きずりながら再生した母
大正皇后から、多くの友から励まされ、

この武蔵野の櫟林に園を再建し、
煉獄の火の車回れども
福を呼び、イエスに誘われ、
最後の眠り
溢るる、止めどもなく溢るる涙を、安らぎの頬に遺した筆子
福祉の灯明を昭和に渡し、ピアノに託した、
母マリアのように穏やかな死に顔
長崎の大村に生まれ、
血縁に明治維新の志士を持ち、
仏蘭西に留学し、
津田塾の前身を梅子と建て、南からの順風満帆
やがて、風は北から
挫折
「知的障害」の吾が子を産み育て、
ノアの方舟に戻してしまった

母、筆子

"As pretty doves could not find out a perch to sit on, they went back to Noah's Ark [Ishii Fudeko]."

The perch, Takinogawa Gakuen Garden has been built by Ms. Ishii Fudeko.

止まり木の根に滲みいる武蔵野の泉
その泉のように溢れた涙
滝乃川に止まれ
可愛い鳩よ泊まれ、
傷ついた心　（笛子）

栗造（消え入る蝋燭のような中治り現象で元気を出して）「笛子さんも矍鑠《かくしゃく》、朝代《あさよ》さんもご存知だと思いますが、ハワイで元気ですね。母と笛子と朝代のトリオの絵、この茶封筒にあるのを度々見てます。あのとき、笛子さんからもらった母の描いた蝋燭の絵葉書き、ほら、このチェストの上のスタンド付き額の通り。蝋燭は長細いけど、高島野十郎のと似てますね……わたしの命は、野十郎の絵の蝋燭のように短くなって来とります……」

笛子「本当は長いのに、栗ちゃんも周りも短いと誤解してるのよ。その点滴が短くしてるのよ。点滴には、抗癌剤という毒やブドウ糖という癌の餌なんかが入っているのよ。すぐ外して、オートファジー（自食）しなきゃ。『自ら学び、考え、行動せよ』（津田塾）。さあ、すぐ健康へ向かって脱出しましょう。もし、愛の火を、ご家族がお持ちなら、栗ちゃんに灯して上げて下さい。病院側とは、滝乃川学園顧問として、また娘婿の牧師と一緒に、場合によっては顧問弁護士にも御願いして、後日、ご理解を頂けるよう、お話しをします。ご迷惑はかけません」

満二郎「『連帯を求めて、孤立を恐れず』（谷川雁）、石丸家の『興廃、この一戦にあり』（廣島藩の高間省三〈秋山真之がパクリ〉）」

栗造「笛子さん、すぐに、連れ出して下さい……徳郎、惠太郎、満二郎さんもよう一緒に、来てくれんさったのう……」

――栗造は、まるで映画『卒業』で、ベンジャミンがバークレーのメソジスト教会から花嫁エレンを略奪したシーンのように、ざわめく波動の低い病室を後にする――

栗造は青空を水平飛行するムササビのように、惠太郎に両手を、満二郎に両足を掴まれ、病院の廊下の天井の蛍光灯が後退するのを見ている。笛子は、その神輿の後を、ステッキで右足を支えているけれども、軽やかに快走する。お婆ちゃん暴走族、長崎の大村で父親から武士道を学習した石井筆子が好き。

恵太郎は、笛子ファンである。マザコンで、理性的のみならず感性的に笛子が好き。満二郎も、慣行医療にあるとき忽然と対決し、肝臓癌を尿療法と断食・自然食の代替医療で克服し、自ら代替医療保養旅館を創業したばかりであった。彼は、沢田研二の付き人兼ギタリストの経験、べ平連闘士（小田実や『ヒロシマ・ノート』の大江健三郎が北朝鮮への帰国を勧めた過去や小田実が米兵脱走資金をコミンテルンからもらっていた過去がある等知ったとき、満二郎は衝撃を受けた）の過去もあって、電光石火の栄光への脱走劇が好き、飛んでるお祭りが好き。

病院の駐車場、笛子のバッグとステッキを持ち、先に病棟を下りていた徳郎が、満二郎の改造キャンピングカーの車内を整備するや否や、栗造はそのまま、車内の寝台に運び置かれ、満二郎だけは、運転席へ。残照の弥山のシルエットが紫に染まって左上空に見える瀬戸内海岸沿いの国道2号線を西走する車内で、栗造・笛子・徳郎・恵太郎は、満二郎が今日から進める療養計画について話した……

3．代替療法、導入の火

ここは、宮浜の杉木立に囲まれた中田式温熱療法の宮浜温泉旅館保養所、茅葺である。奇しくも100年前の1918年のこの季節秋に、父焔徳も東京浅草からの帰郷の際、下車したことのある大野浦駅、その駅のすぐ傍である。保養所の照明は和蝋燭である。食べ物はすべて自然農法によるものである……食器・衣類などは脱合成洗剤である。杉・檜づくりの家屋はもちろん脱ホルムアルデヒドである。

一方、栗造が保養所に移ってからというもの、妻夕子はとりあえず、居心地の悪い病院の簡易ベッドで、一夜明かした。翌9月26日、迎えに来た徳郎の車に乗って保養所に来る。

その車の前で徳郎は、笛子が書いた夕子宛ての手紙、お詫びの文面、9月26日午後の娘婿との病院訪問と交渉をする予定や夕方の新幹線広島駅発帰京の予定を報せる文面を載せた手紙を受け取った。別紙には、代替医療への「転」換のためには、もう一つ別の「知」が必要になり、人を救いたいという「感」性と「転」換が出来る人間の幅が求められる（「感知転幅」）と書かれていた。

病院を出発した車は、すぐに保養所に着いた。夕子は、満二郎から代替医療の話しを聴き、勧めに応じて栗造と1週間ばかり、同宿することにした。

（1）食、心身の火

栗造は、9月25日から3日間、満二郎が運んで来た羅漢温泉のラドン水と自分の尿だけの完全断食を続け、嘔吐・下痢などの好転反応を経て、早くも少し食欲を回復した。さらに、数日間、空腹に耐えて、合計わずか1週間、天日塩を舐め、自分の尿とラドン天然水だけ飲み続けていたら、栗造の食欲も完全に回復して来た。1日、玄米・人参ジュースの1食で爽快。

栗造「頭脳の神経のゴミをオートファジー（自食）が排泄し頭を冴えさせ、体調も改善する1日1食ならば、GGS（ジョージア・ガイド・ストーン）に刻まれているような新世界秩序の一つ、5億人になるまで70億人を削減する計画は食料問題だけをとってみれば、必要ではなくなる。餓死者は今もいるものの、単純に計算して、地球は1日3食の現在の世界75億人の3倍の約200億人を養えるのではないか」

栗造には、自分が腹式深呼吸と中井房五郎の自彊術《じきょうじゅつ》（自己治癒を目指す自立の健康体操、大隈重信も実践）と半断食によって、もう一度、再燃し始めたのが、体で分かる。

栗造「自分がこの代替療法で快方に向かっているように、佐伯家に、発酵食品の味噌や自然塩と玄米おにぎりで長崎の被爆者を救った秋月辰一郎《あきづきたついちろう》医師のような健康法の知恵があったならば、父母、焔徳・慧子は生還出来ていたのかもしれない。おふくろから子へ孫へと伝わる健康食のいわば、『食伝』が大切だ……

焔徳も慧子も、被爆直後に、血液は腸で出来るという千島学説に基づき、調整天日塩を舐め、腸を掃除し、松の葉や楠の葉など、ソマチドや葉緑素の多い汁や乳酸菌の多い漬物や豆乳ヨーグルトなどを飲ませ、かつ腸を温めれば、快復したのかもしれない。白血病患者の腸内に蔓延《はびこ》るカンジダ菌の量を減らすべき腸内細菌の改善については、炭酸水素Na（重曹）による体のアルカリ化、優しい柔らかな整体や温熱や免疫力や『衣食同源』『身土不二』の養生が奏功する。免疫力向上には、納豆、今日では入手出来るＥＭ菌・ＣＰＬ（Cyclic Poly Lactate 環状重合乳酸）・コロイドヨード等が効能を有すそうだ。長崎の被爆者調査でも、秋月医師が実証したことがさらに裏付けられた。味噌・納豆など発酵食品を食べていた被爆者は、症状が軽くて済んだ。食生活やストレス解消の指導もなく血液を総入れ替えするなどの高額の悪徳免疫療法等々は論外としても、被爆者こそ、こういう良い免疫療法、カンジダ菌退治のアルミ抜きの純粋な重曹、体温を上げる入浴、自然農法の人参ジュース、玄米菜食、運動等の代替医療を選択すべきである」

(2) 祈り、灯明

栗造は、湯殿では、熱めの檜風呂に首まで浸かり、温もったら「六根清浄」と繰り返し唱えながら浴び、ラドン冷水に浸かった。体力の限り、湯と冷水、弛緩と緊張を交互に心身に与え、安保徹免疫革命風に、湯による副交感神経（リンパ球支配）活発化、冷水による交感神経（顆粒球支配）活発化をもって、両神経・リンパ球と顆粒球のバランスをとった。

湯上りに、保養所の腹帯をした栗造と夕子の2人は、涼しい風の吹き渡る杉林の小径の火焼地蔵《ほやけじぞう》にお参りし、未だに出る前頭部のケロイドの膿の治癒を祈願した。柱に「貧不苦人、人苦貧」（売茶翁）と掲げられた東屋《あずまや》の入り口脇には、筧《かけい》の雫《しずく》が光る「吾唯知足」の蹲《つくばい》が置かれている。こうして、2人は、杉林の中庭の小川のせせらぎや小鳥のさえずりを耳にしながら、夏の疲れを癒した。

朝は、杉の木造りの瞑想室で「とほかみえみため（十神、笑みたまえ）」を唱え、並列してある誕生仏＋十字架状の十文字に直角に交錯している蝋燭（人の為に燃え尽きたイエス像）＋涅槃像とその蝋燭イエス像の真下の訪問者を写す鏡像（カ㋕゙ミの我《ガ》を抜けば映る人も神《カミ》）に礼拝した。

あるとき、満二郎が、香蝋燭（芯の和紙に杉の葉の粉が塗《まぶ》してある）を灯して座禅し瞑想している栗造と夕子の傍にやって来た。

満二郎「浄土真宗大谷派の山門に、『出会いが人を育て、別れが人を深める』とあったげな……笛子さんと出会うと面白いのう……」

栗造「わしにゃあ、出会いで知が肥え、別れで情けが深まるように思えるんじゃ……それにしてもこの仏間は、変っとるのう……」

満二郎「この小さな檜の涅槃像、ここにお出《い》での皆さんがのう、その内にのう、自然に朝晩手を合わせんさる……わしも、人の情けを知り、この瞑想室での出会いと別れから、この言葉が心に沁《し》みるようになった。『深める』とは、無常を悟り、『自灯明、法灯明』（『大般涅槃経《だいはつねはんぎょう》』）に照らされて生きていくことじゃと気づき、この小さな檜の涅槃像に朝晩手を合わせるようになったんじゃ。真ん中の十字架も、弟子たちからも裏切られ独りゴルゴタの丘を上ったイエス、その自立の14留《とめ》の道行き（ヴィア・ギロローサ）で担われたもんじゃけえ……」

栗造「この涅槃さん、TVか、何か、どっかで見たような気がするのう……」
満二郎「南蔵院のじゃろう……」
栗造「どうしたん……」
満二郎「長府の乃木神社にお参りした折りに、バスで壇之浦の海を左に見ながら、巌流島は何処じゃろうかと思いながら、春帆楼や竜宮城みとうな芳一と平家安徳天皇の赤間神宮の前、金子みすゞも参った亀山八幡、アーネスト・サトウの英国領事館……景色を眺め寄ったら、下関駅に着いて……大丸百貨店の上の方の耕治の醤油ラーメンを喰うて、ブラブラしよってから、この寝仏さんは買《こ》うたもんじゃ。福岡の笹栗の南蔵院のブロンズの涅槃仏の檜のミニチュア版じゃけえ。掘りんさった、仏師の山高龍雲さんが神戸から自分の個展に来とりんさったけえ……その時、龍雲さんから、お釈迦様が病死寸前に、導師亡き後を不安に想う弟子たちに『自灯明、法灯明』と述べられたという話しと掘りながら祈っとるっちゅうような話を聞いたんじゃが、そっちよりゃあ、南蔵院の林住職が2回も宝くじに当たったたっちゅう話しの方に御利益信仰《ごりやくしんこう》でのう、興味があってのう、買うたんじゃが……」
栗造「さぞ、ご利益があったことでしょう。親父の生きるテーマも自立じゃった。

この涅槃像の横の『天上天下唯我独尊』の誕生仏も自立のことじゃねえ。寝仏さんが立つ（誕生仏）ことを教えたっちゅうわけじゃのう。満二郎さんも親父もわしもテーマが同じじゃのう……」

満二郎「お釈迦さん、生まれたときも『唯我独尊』の自立、死ぬときも『自灯明』の自立……」

栗造「起っても寝ても、我を無にして『則天去私』、自立っちゅうところじゃのう……」

満二郎「自立を、寝るときは弟子にバトンタッチ、起つときは先祖からバトンタッチ」

栗造「笛子さんが言うとったように依存症の『好かれたい病』を廃し、自立じゃ……慣行医療からも、マスコミの洗脳からも自立じゃ……。『他人さまは変えられないから自分が変わる』（水俣市茂道、杉本栄子）」

このような心の洗われる穏やかで楽しい為になる対話も手伝って、笛子の手紙の「感知転幅」を図り、現実的に、改善西式満二郎療法に妥協してくれた妻夕子も、一緒にこのことを続けていたら、若返った。

かくして、夕子をはじめとする家族の励ましと満二郎の代替治療・温熱療法が奏功し、栗造は徐々に奇跡的に回復しつつある。療養中久しぶりに、栗造と夕子は、丸一日とり、満二郎と徳郎親子に助けられて、ゆっくりゆっくりと、休みながら歩き保養所のすぐ前の「観音さまの寝姿」を呈す弥山にロープウェイに乗って登った。お昼過ぎ、山頂近くの大聖院では、感慨一入《ひとしお》深く、焔徳も飲んだ大釜のお湯を沸かしている「消えずの火」を拝礼した。自立の消えずの火を焔徳から受け継ぎ、自分を再燃させ癌転移の夏以前よりも、もっと元気になれたこと等を感謝し、これからも消えずの「自灯明・法灯明」を燃やすお力を頂けるよう、お祈りした。

(3) 半農半Xの火

いま、栗山村に生還し、闘病中の栗造には、母の守り抜いた我が命が愛おしく、被爆者の自分こそ、サヴァイヴァル、健康第一、「医食同源」の心得・「身土不二」の養生、それに優しい柔らかな整体や温熱や免疫力やなどの代替医療を続けたいという願望が強くなっている。また、被爆者、被爆2世3世にも、代替医療による病との妥協的な共存を目指すよう勧めたい、とも強く思うようになった。

栗山村での自然農法の自給的半農による食生活と徳郎と協働でのインターネットで

の自然農法農産物eコマース、半農半商売の生活・生業が始まった。自然農法は、宇宙人にアブダクションされたこともある純真な無農薬の奇跡のリンゴの生産者木村秋則《あきのり》からも多くを学んだ。養母道子のかつての有機農産物生産と同様、妻夕子の協力もあった。食卓には、夕子が自給した味噌や廿日市の無農薬農産物店「柿の木村」で購入した醤油などの発酵食品を並べるように変わった。

私有の農地のひずり草（繁縷《はこべ》）やキズ（栗山集落の山々の共有林の酸っぱい低木の葉）や酸い葉（ギシギシ）・酢漿草《かたばみ》や柿・柚子などからヴィタミンCを摂取。また石丸家の水田からとる米、落ち葉・稲わら・もみ殻で作る完熟肥料で栽培した大根・人参・牛蒡・その他の葉物野菜を食べ、自宅のすぐ近くを流れる木野川（下流は小瀬川、平家の壇ノ浦に落ちる前に早く零《こぼ》れた落人が遡ったと言われる川）から獲れる鮎や鰻（佐伯家の分家のある渡ノ瀬〈玖波村の北方〉では三島神社のご神体の鰻は食べない）や山女魚《やまめ》・うぐい・はや・ぎぎ（川はぜ）など、また「まごわやさしい（豆・胡麻・和布・野菜・魚・椎茸・芋）」とミネラル豊富な戦前からの製法のいい天日塩など口に入れた。

蘇った栗造は、この農法で栗山の住民の自給を促し活性化し、節操を曲げてまでの賃金奴隷になる必要のない山郷《やまさと》の生活を皆でつくっていくこと、半農を死守し、自立することによって、第三の原爆投下に至る第三次世界大戦に続く道を断ちたいと思う。

エピローグ

栗造の養父母やフゥと佐伯家の祖父母以前のご先祖累代の隠《おん》や実父母と七と六の隠は栗山村の墓所に納められた骨や爪や小石を止まり木にしている。実父母の分けられた隠は警察官時代水害を体験した初任地段原の上、広島流川を見下ろす高台、比治山の長聖院の「廣大院　釈焔徳信士」「釈尼慧芳情信女」と刻まれている別の参り墓、その下の分骨を止まり木にしている。

いつでもどこでも、被爆者追悼の蝋燭を灯し燻らせれば、すぐ傍の実父母の隠が隠《おん》空《くう》から、被爆者の隠が宇津に作詞作曲させた「広く高い空」「飲まれそうな青」い空の下で、「過去と括《くく》るには」「過去と呼ぶのには」「近すぎる今がある♪」と、謳《うた》い掛けてくる。

被爆・消灯未遂・癌の転移など、三度の消灯の危機、三「死」を父母の隠によって、脱出し、「一生を得」、再点灯出来た栗造。原爆症の自己治療に自彊《じきょう》しながら生きている栗造は、第1章で触れた父母ら家族の被爆について、自分たちの運命を「人間万事塞翁が馬」という故事や「自灯明、法灯明」という言葉をもって、振り返る。原爆を投下した張本人、日米の奥の院は悪魔、愉快犯。大量殺戮を目的に、8月5日の食糧配給という餌で、疎開先からさえ栗造母子をはじめとする市民をおびき寄せたのであろう。今なお体内に残り蝕む放射能、放射線傷害。あの原爆の火に、負けてなるものか。原子の光による「過ちを繰りかえ」さぬようにすべきは、お前たちイルミナティの方だ。

祖父太一が少年のときの父や伯父さんと十方山近くに分け入り、山の火を焚き、松《まつ》脂《やに》の灯明の下で学び、亡き杣《そま》と七の合力で宮島の飯杓子の原木切出し、生木の加工、製品の馬子による搬送をし、生計を立てていた頃の『消えずの火』の記述は、民俗学的記録にもなる。大雪で馬が通わず、米・味噌が断たれたときの子供の不安や猿の肉が食べにくかったときのこと、それらは活動写真の一《ひと》コマ一コマを見るようであった。

栗造を3歳から引き取り17歳まで育ててくれた養父石丸輪蔵《りんぞう》もよく家康の格言「人の一生は重き……」(『消えずの火』P18~19)を栗造に言い聞かせていた。これは、寛容で情け深い栗山村全家に定着した格言のようである。

栗造は、地御前の佐伯屋で養父輪蔵がもらい自宅の火鉢に保存した弥山の火を、いま仏壇にも分け、その灯明の前で、合掌する。栗造は、被爆死した慧子と焔徳の「消えずの火」「自灯明法灯明」を自分にも燃やしている。ここに、人徳を磨いた栗造は、名曲『八月の朝♪』を隠空に向けて流しながら、下に掲げる詩、平和祈念の火、自立の火、体の奥の深い底の命の種火を讃える詩を、父母、そしてまた廣島市民等「なにも言えずに消えていった」多くの一人一人の隠に捧げる。

「消えずの火」燃えろ

火、八月の朝の火
夏の朝の竈の火、七輪の火
小さな、小さな、ささやかな生活
生活の火を飲み込んだ
大きな、広く大きな炎

光、まぶしい朝の川面の光
希望に満ちた光
それを打ち消すような強力な光
か弱い、薄くか弱い肌を
強く、突き刺した「ありえない光」
絶望の光線

明かり、瀬戸内の柔らかな明かり
南向きの日向《ひなた》の街に
愛児の笑窪《えくぼ》、湯気に指す明かり
愛犬愛猫の姿を映す明かりが立ち消えた朝
明かりが、薄明かりが必要なのに
闇に、まっ暗闇に包んだ浮遊物、人工の入道雲

風、夏の涼しい風
微かな、ほんの微かな風に
吹かれたいのに
身体を高々と
吹き飛ばし、ぶっ飛ばして
叩きつけ、串刺しにした
無慈悲な爆風

家屋を倒壊させ
家族の生身を下敷きにした強風
脱出を妨害しながら延焼させる核の逆風

音、風鈴の愛くるしい音
蝉や小鳥の啼き声
せせらぎ、金魚屋の声、豆腐屋の笛
親友の歌声、幼子のつぶやき
穏やかな、静かな、美しい音色を
聴き続けたいのに
鼓膜を揺さぶったのは
耳に幾年月もこびり付いた
濁音、重低音、高音
已む無き
呻き声、阿鼻叫喚

膿に集《たか》る蠅の真っ黒な群れが
低空飛行で飛び回る音

水、都の水
廣島に流るる七つの川
川さえ這って迫り来る炎
「水をください」
渇きを癒す
少しだけ、少しだけでも
ほんの一口だけでも真水を
飲みたい口に
降り込んだ
注ぎ込んでしまった
重油のように
重い、重い放射能の雨

黒い雨

匂い、土の匂い
夏の花や潮風の匂い
炊き立てのご飯や味噌汁の匂い
楽しませ満たして呉れた匂いが
火葬場の匂いに
芳《かぐわ》しい乙女や少年の肌は
蛆虫を増殖させ
蠢かせ爛《ただ》れた表皮に急変して
膿の匂い
焦土の悪臭
「屍の街」

言葉、理論武装した美辞麗句

民主主義の正義の戦争
反天皇ファシズム、反アジア侵略
軍都を口実に
マンハッタン計画の魔
無辜《むこ》に襲いかかった悪魔

命、ジェノサイドに絶たれた命
原子力の人体実験
ゴイム、家畜の屠殺
光、熱、風、炎、雨、放射線
悲しむ心を知って喜ぶ残忍なマフィア
命と絆を断ち切った原爆

雲、超人の人工雲
性善説、性悪説

本音、建前
自己中心、自己否定
日々の小さな愛憎、悲喜、善悪、正邪
これら諸々の領海を
遥か彼方に飛び超えて
超えて巨大に湧き立ったきのこ雲
人の世のものとは思えない巨悪の入道

心理、愉快犯の心理
不正選挙とプロパガンダ
やらせ真珠湾
白い猿の小さな憎悪を
急速に増殖膨張させ総動員し
かつまた
黄色い猿山の裏切りボスも動員し

アジアの金《きん》を集金させ
勝ち誇り、ニューヨークに凱旋させて笑うサイコパス
宇宙大の禿鷹、猛毒蛇レプの邪気

手段、選ばれぬ手段
金儲け、人口調節、人間牧場を目的にして
人工地震、戦争、テロ、原子の火
原爆も、水爆も、小型核も、原発も
消せ、消せ、消えろ

骨、廣島中島区の焼かれた骨
炭化した口に残る焦土
慟哭の遺骸
灼熱地獄に肉を焦がした遺体
白い小さな骨をローラーが砕いて埋めて

整地した原爆公園に
弥山《みせん》から分けた「消えずの火」が今日も燃える
消えゆくを願いつつ燃える

火、誓いの火
あの日の生き火、生き証火《しょうか》
星野村の火を消すな
カネ、巨悪にも
国にも組織にも媚びぬ
魂の火、生命の火を消すな

火、生活の火
自立の火
自給村の囲炉裏の火を
不動明王の火焔光背《かえんこうはい》を

消すな

火、祈りの火
そよ風に揺れる火、生活の火
芳しい匂いを起こす火
鍋釜薬缶《やかん》の蓋を鳴らす火
美味しい水やお風呂を沸かす火
家庭の火、燃えろ
栗造たちの胸にきょうも
きょうも燃えろ

慧子と焔徳と栗造の「消えずの火」燃えろ
「なにも言えずに消えていった」命の火燃えろ　（栗造）

著者プロフィール

縄文 杉太郎（じょうもん すぎたろう）

著者は、被爆２世、団塊世代、広島国泰寺高校（廣島一中の後身）卒、本小説の佐伯杉太郎（被爆者の主人公石丸栗造《くりぞう》の再従弟《はとこ》）に当たる。

幼少期より、栗造の実父、被爆死した佐伯焔徳《えんとく》の逸話を聞いて育つ。

思想的には、一時極左化し焔徳と離反したが、心情的には、一貫して四十七士・乃木希典・特攻隊へ寄せる熱い思いと同様、焔徳に憧憬。

小学生時、栗造の「消灯未遂」に衝撃を受ける。

終活に入っていたが、主人公栗造の闘病中に贈られた焔徳自叙伝『消えずの火』に奮い立たされ、同著と栗造の半生とをスプライシング（接続）し、新たな原爆小説を書く。それを、2019年２月に文芸社の「第２回NEO小説大賞」に応募、本格的に小説を書き始める。高校時、1966年夏休みの感想文の課題になった『沈黙』（遠藤周作）を読んだのが小説家志望の契機。半世紀余り、この埋もれていた夢の蝋燭を再点灯してくれた文芸社に感謝。

現在、日田市大山の212号線沿いの杉太郎農園に通い、自然農を模索中。

八月、消えずの火

2021年10月15日　初版第１刷発行

著　者　縄文 杉太郎
発行者　瓜谷 綱延
発行所　株式会社文芸社
〒160-0022 東京都新宿区新宿１－10－１
電話 03-5369-3060（代表）
03-5369-2299（販売）

印刷所　株式会社晃陽社

ⒸJOMON Sugitaro 2021 Printed in Japan
乱丁本・落丁本はお手数ですが小社販売部宛にお送りください。

送料小社負担にてお取り替えいたします。

本書の一部、あるいは全部を無断で複写・複製・転載・放映、データ配信することは、法律で認められた場合を除き、著作権の侵害となります。

ISBN978-4-286-23050-4